http://www.bbulmedia.com

江湖小事全擔班

강호소사전담반

江湖小事
강호소사
全
전
譜
당
班
반

1판 1쇄 찍음 2014년 2월 20일
1판 1쇄 펴냄 2014년 2월 26일

지은이 | 서유락
펴낸이 | 정 필
펴낸곳 | 도서출판 **뿔미디어**

편집장 | 이재권
기획 · 편집 | 윤영상
편집디자인 | 이진선

출판등록 | 2002년 9월 11일 (제1081-1-132호)
주소 | 경기도 부천시 원미구 상동로 117번길 49(상동) 503호 (우)420-861
전화 | 032)651-6513 / 팩스 032)651-6094
E-mail | bbulmedia@hanmail.net
홈페이지 | http://bbulmedia.com

값 8,000원

ISBN 979-11-7003-270-0 04810
ISBN 978-89-6775-459-4 04810 (세트)

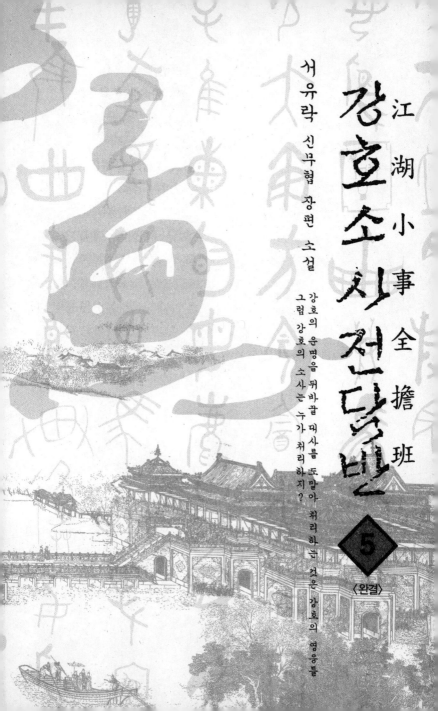

江湖小事全擔班

강호소사전담반

서유락 신무협 장편 소설

5
〈완결〉

강호의 운명을 뒤바꿀 대사를 도맡아 처리하는 것은 강호의 영웅들

그럼 강호의 소사는 누가 처리하지?

목차

1장 우리 아버지가 마교 교주거든 _7

2장 강호가 위기에 처했으니까 _37

3장 사람들은 날 천마라 부르지 _67

4장 닮았네요 _89

5장 대형은 대체 어디 갔어요? _115

6장 지랄 맞은 늙은이 _141

7장 이제부터 손가락 하나라도 움직이면 죽는다 _165

8장 넌 꽤 쓸모 있는 인질이다 _193

9장 구멍을 막게 _219

10장 놀랐지? _247

11장 나 살고 싶어요 _275

종장 _295

1장

우리 아버지가 마교 교주거든

불가! 불가! 불가!

철무경의 입에 습관처럼 달라붙어 있던 말이 언젠가 사단을 낼 날이 올 거라고 짐작하고 있었다.

그리고 그 사단이 마침내 오늘 벌어졌다.

당당하게 불가라는 말을 내뱉은 후, 멀뚱히 서 있는 대형 철무경에게 담서인이 원망스런 눈초리를 던졌다.

'어쩜 저렇게 눈치가 없을까?'

철무경이 방금 던진 불가라는 말로 인해서 운명은 결정났다.

생과 사.

그 비좁은 간극에서 철무경은 생(生)이라는 패를 외면하고, 사(死)라는 패를 냉큼 움켜쥔 셈이었다.

답답한 마음에 한숨만 푹푹 내쉬고 있던 담서인이 입을
뗐다.

"대형!"

"왜?"

"대형은 왜 그렇게 눈치가 없어요?"

"구박받을 정도는 아니라고 생각했는데."

"아니, 대형은 눈치가 없어요. 내가…… 아니다, 됐다."

"내가 여자라는 것도 모를 정도로 눈치가 없잖아요."

원래는 이렇게 쏘아붙이려고 했는데. 그냥 관두기로 했다.

"같이 죽는 것도 나쁘진 않겠네요."

대신 담서인이 해맑게 웃으며 말했다.

어차피 살아서 이루지 못한 사랑.

이렇게 같은 시간, 같은 장소에서 죽으면서 못다 이룬 사
랑을 이루게 되는 것 같아 나쁘지 않다는 생각이 불쑥 들었
기 때문이었다.

'아니지!'

그러나 담서인은 이내 웃음기를 거두며 고개를 흔들었다.

너무 억울하다는 생각이 들었다.

만약 이대로 같이 죽어 버리면…… 철무경은 자신이 여
자라는 사실조차도 모르는 것이 아닌가?

비록 이 생에서 사랑을 이루지는 못한다고 해도, 적어도

고백 정도는 해 보고 죽어야 원통함이 조금이라도 덜할 것 같았다.

그리고 고백을 하기 위해서는 대형이 오해하지 않도록 자신이 여자라는 사실을 밝히는 게 우선이었다.

그래서 담서인이 한참을 망설이다가 결국 입을 뗐다.

어차피 곧 죽을 마당이니 부끄러울 것도 없었다.

한이라도 남기지 않기 위해서 담서인이 마침내 용기를 쥐어 짜냈다.

"대형."

"또 왜 그러지?"

"지금부터 내가 하는 말, 놀라지 말고 잘 들어요. 그러니까 내가 할 말이라는 건…… 내가 대형을 좋아해요."

"……?"

"놀랐어요? 놀랄 줄 알았어요. 그러니까 갑자기 이렇게 말하니까 대형이 놀란 게 당연하긴 한데…… 어디서부터 시작하냐면…… ."

하지만 어렵게 용기를 내서 간신히 시작한 담서인의 고백은 끝까지 이어지지 못했다.

"됐다!"

"되긴 뭐가 돼요?"

"나머지는 아껴 뒀다가 다음에 해라."

"왜요?"

"우린 죽지 않으니까."

자연스럽게 고백하지 못하고 한참을 버벅거리고 있을 때, 철무경이 도중에 그 말을 자르고 불쑥 끼어들었다.

물론 담서인이 그 말을 순순히 따를 리 없었다.

"대형, 아직 상황 파악이 잘 안 되는가 본데……."

"상황 파악은 제대로 하고 있다."

"우리 곧 죽을 거예요."

"안 죽는다니까."

철무경의 목소리는 확신에 차 있었다.

그래서 담서인이 조금 기대를 가진 채 물었다.

"혹시 믿는 구석이라도 있어요?"

"믿는 구석이야 있지."

"뭔데요?"

"나!"

철무경은 뻔뻔하게 느껴지리만치 당당하게 대꾸했다.

그리고 혹시나 하고 기대했던 것이 잘못이라는 사실을 깨달은 순간, 담서인은 저절로 한숨이 나왔다.

"저기 서 있는 저 늙은이들 누군지 알아요?"

"저들이 누군가는 관심도 없고, 상관도 없다."

"상관이 없는 게 아니에요. 관심 좀 가지고 잘 봐요. 딱 봐도 무섭게 생기지 않았어요? 마교의 장로들이라고요. 저 늙은이들로 인해서 심산유곡에 들어가서 씨앗 뿌리며 농사를 짓는 꿈은 물 건너갔다고요."

"다시 한 번 말하지만 우린 죽지 않는다."

"내 말, 제대로 듣고 있는 것 맞아요?"

이렇게 상황 파악이 안 될까?

앵무새처럼 같은 얘기만 줄줄 늘어놓고 있는 철무경을 확인한 담서인이 고개를 절레절레 흔들었다.

물론 강호의 격언대로 철무경이 서 푼 정도의 실력을 감추고 있다는 사실은 담서인도 알고 있었다.

하지만 상대가 너무 강했다.

그 무섭다는 마교의 장로들이 아닌가.

철무경이 꼭꼭 감추어 두고 있던 서 푼의 실력을 모두 꺼내 놓는다고 한다 치더라도 하나도 아니고 무려 셋이나 되는 마교의 장로들을 모두 상대하기에는 역부족일 터.

단언컨대 항주 변두리에서나 큰소리치는 우물 안 개구리에 불과한 철무경이 감당할 수 있는 자들이 아니었다.

마교의 장로들은 진짜배기였으니까.

'아, 속상해!'

마치 벽을 마주하고 이야기를 하는 듯한 느낌이었다.

너무 답답한 나머지 눈물까지 날 지경이었다.

딸랑.

그래서 담서인이 한숨만 푹푹 내쉬고 있을 때, 다시 용선 고서점의 문이 열렸다.

평소에는 하루에 한 명도 찾아오지 않던 손님이었는데.

오늘이 용선 고서점이 간판 내리는 날이라고 벌써 소문이 났는지, 손님들이 쉴 새 없이 밀려들었다.

그리고 몸에 밴 직업 의식은 쉽게 사라지지 않았다.

담서인은 목전에 닥친 죽음은 아랑곳하지 않고 본능적으로 문이 열린 방향으로 고개를 돌렸다.

"어서 옵……."

목청을 돋운 채 인사를 건네던 담서인이 낯익은 얼굴을 발견하고, 도중에 입을 다물었다.

'백묘령이잖아!'

폐업 일보 직전의 용선 고서점으로 들어온 것은 백묘령이었다.

그런데 왜일까?

백묘령은 평소와 조금 달랐다.

늘 사내들의 혼을 쏙 빼놓기에 충분한 헤픈 웃음을 입가에 매달고 있는 백묘령이었는데, 오늘은 입꼬리도 올라가지 않았고, 어디 아픈 사람처럼 표정도 잔뜩 굳어져 있었다.

백묘령의 표정이 대체 왜 저렇게 굳어졌는가에 대한 호기심이 살짝 생겼지만, 이내 그만두었다.

어차피 곧 죽을 판국인데, 남의 기분까지 신경 쓸 여력이 없었기 때문이었다.

'그래, 여기서 다 같이 죽는 것도 나쁘지 않지. 대형의 사

랑을 누가 차지할지는 저승에서 마저 대결하자고.'

자포자기한 심정으로 백묘령을 가만히 바라보던 담서인의 머릿속으로 그녀가 했던 말이 불쑥 떠올랐다.

"우리 아버지가 마교 교주거든!"

대체 언제였더라?

그래, 대형을 사이에 두고 독고혜와 말싸움을 하던 도중, 백묘령이 흥분해서 내뱉었던 말이었다.

물론 담서인이 그 말을 순순히 믿는 것은 아니었다.

사람이 흥분하면 무슨 말을 못할까?

독고혜에게 지지 않기 위해서 내뱉은 허세일 가능성이 높았다.

그러나 지금은 지푸라기라도 잡고 싶은 심정이었다.

그래서 담서인이 반가운 표정으로 입을 뗐다.

"묘령아."

"……."

"백 소저!"

최대한 살갑게 말을 붙였지만, 백묘령의 반응은 평소와 달리 차가웠다.

그리고 냉랭한 말투로 대꾸했다.

"난 백묘령이 아냐."

"응?"

"구묘령이야."

"구묘령?"

"그래, 구묘령."

"그새, 잃어버렸던 아버지라도 찾은 거야?"

백묘령의 말은 선뜻 이해하기 힘들었다.

'혹시 출생의 비밀을 알아 버린 탓에 저렇게 심란한 표정을 짓는 걸까?'

그래서 담서인이 고개를 좌우로 갸웃거렸지만, 그녀는 친절하게 설명을 해 주지 않았다.

대신 철무경을 향해 시선을 돌렸다.

"당신이 한 건가요?"

"뭘 말이지?"

"백 숙부를 죽인 것!"

"맞아."

"왜 그랬죠?"

"그는 경고를 어겼으니까."

"그래서 죽였다?"

'가만, 이게 뭐가 어떻게 돌아가는 거야? 백 숙부라면······ 백문성? 그러니까 백문성을 대형이 죽였다고?'

두 사람 사이에 오가는 대화를 듣고 있던 담서인이 입을 헤 벌렸다.

아까부터 워낙 상황이 급변하고 있는 터라, 두 사람 사이에 오가고 있는 대화의 말뜻을 제대로 파악하는 것이 쉽지 않았다.

그래서 담서인이 필사적으로 머리를 굴리고 있는 사이, 백묘령의 표정은 더욱 차갑게 굳어졌다.

"우린 악연이었네요."

"그래."

"아쉽네요."

백묘령이 냉기가 줄줄 흐르는 차가운 목소리로 말했다.

그 말을 들은 담서인이 눈살을 찌푸렸다.

어쩌면 백묘령이 마지막 구원줄이 될지도 모른다고 기대했는데.

그러나 지금 상황을 보아하니, 그 구원줄도 진즉에 끊어진 것처럼 보였다.

"마지막으로 하나만 묻죠."

"말해."

"내게 호감이 티끌만큼도 없었나요?"

"티끌만큼도 없었다."

"왜죠?"

"애초에 관심이 없었으니까."

"……."

"그리고 나는 좋아하는 사람이 따로 있으니까."

백묘령은 피가 날 정도로 입술을 꽉 깨물고 있었다.

그리고 잠시 뒤, 다 알아들었다는 듯 희미하게 고개를 끄덕이며 말했다.

"확실히 해 두죠."

"뭘 말이지?"

"나도 당신을 좋아한 적 없었어요."

"……."

"당신을 이용하려고 했을 뿐이었어요."

백묘령이 뾰족한 목소리로 쏘아붙이는 것을 듣던 담서인이 하마터면 실소를 내뿜을 뻔했다.

언제나 도도하던 백묘령이었는데.

지금 저 말을 던지는 그녀는 뭐랄까…….

좀 없어 보였다.

왠지 초라해 보인달까?

그러나 담서인의 입가에 희미하게 떠올랐던 웃음기는 백묘령이 입술을 꽉 깨문 채 덧붙인 말을 듣고서 곧 사라져 버렸다.

"우리 인연은 여기서 끝이네요."

"……."

"패천권마!"

"네!"

"구혼독마!"

"네, 아가씨!"

"파독장마!"

"하명하십시오."

백묘령이 화난 목소리로 딱딱 잘라 별호를 부르자마자, 마교의 장로들이 마치 기다렸다는 듯이 공손하게 고개를 숙였다.

아가씨라는 말과 함께.

저 아가씨라는 말에 담긴 의미가 무엇인지는 담서인도 알았다.

독고혜와 싸우다가 흥분한 탓에 막 던진 말인 줄 알았는데, 백묘령은 진짜 마교 교주의 딸이었다.

그리고 담서인의 당혹스러움이 완전히 사라지기도 전에, 백묘령이 싸늘한 목소리로 명령을 내렸다.

"여기 있는 자들을 모두 죽여요."

*　　　*　　　*

철무경이 반쯤 넋이 나간 표정으로 검병을 꼭 움켜쥐고 있는 담서인을 확인하고서 피식 웃었다.

달달달.

상대가 마교의 장로라는 사실을 알아서일까?

담서인의 손에 들린 검은 사시나무처럼 떨리고 있었다.

"조심해."

"뭘요?"

"잘못하면 검을 떨어트리겠으니까."

긴장을 조금 풀어 줄 요량으로 오래간만에 농담을 던졌지만, 담서인은 기대했던 것처럼 웃지 않았다.

여전히 잔뜩 굳어진 표정으로 입을 뗐다.

"대형!"

"말하거라."

"혹시 나처럼 박복한 년을 전에도 본 적 있어요?"

"그게 무슨 소리냐?"

"늦은 나이에 강호에 출도한 후에 내가 상대한 사람들을 보라고요. 첫 번째 상대는 괴협이라 불리던 백리휴, 두 번째 상대는 낭인제일도 벽두산, 그리고 세 번째 상대는 무시무시하다고 소문난 마교의 장로들이잖아요. 아아, 난 강호 역사상 가장 박복한 년일 게 틀림없을 거예요."

횡설수설하고 있는 담서인을 바라보던 철무경의 입가에 머물러 있던 웃음이 짙어졌다.

너무 당황하고 겁이 난 탓일까?

담서인은 이야기를 꺼내던 도중에 자신이 여자라는 사실을 밝혔다는 것조차 깨닫지 못하고 있었다.

"박복한 년?"

"네, 박복한 년!"

"그러니까 박복한 년이란 말이지?"

"박복한 년이지. 그럼 놈이겠⋯⋯."

"⋯⋯."

"어머, 내가 지금 뭐라고 그런 거야? 그러니까 년이 아니라 놈인데⋯⋯ 대형, 이게 어떻게 된 거냐면⋯⋯."

다시 횡설수설하기 시작하는 담서인의 모습은 귀여웠다.

그래서 가만히 지켜보고 있자, 한참을 우물쭈물하던 담서인은 마침내 결심한 듯 입을 뗐다.

"어차피 죽을 거, 솔직히 말할게요."

"뭘 말이냐?"

"놀라지 말아요."

"지금 상황보다 더 놀랄 게 남아 있나?"

"아직 남아 있어요."

"뭐지?"

"제가⋯⋯ 년이 맞아요."

"응?"

"놈이 아니라 년이 맞다고요. 너무 놀라지 말고 잘 들어요. 그러니까⋯⋯ 나는 남자가 아니라 여자예요."

강호의 보물이 숨겨진 장소를 털어놓는 것처럼 대단한 비밀인 양, 담서인이 작은 목소리로 귓가에 속삭였다.

귓가를 간질이고 있는 달뜬 입김이 무척 달콤하다는 생각을 하며 철무경이 대답했다.

"알고 있었다."

"그래요, 충격이 크겠죠. 충격이 무척 큰 건 알겠지만……
어, 방금 뭐라 그랬어요? 알고 있었다고요?"

"그래."

"언제부터요?"

뜻밖의 반응에 놀란 탓일까?

두 눈을 동그랗게 뜬 채 추궁하듯 캐묻고 있는 그녀의 머
리를 쓰다듬으며 철무경이 솔직하게 말했다.

"처음부터."

"처음부터라고요?"

"그래."

"어느 처음부터요?"

"처음 만났을 때부터 알고 있었다."

"근데…… 왜 지금까지 모른 척 했던 거예요?"

"네가 감추고 싶어 했으니까."

진짜 이유는 따로 있었지만, 철무경은 일부러 감췄다.

대신 서둘러 덧붙였다.

"그리고 넌 박복한 년이 아니다."

"왜요?"

"내가 곁에 있으니까."

담서인의 목덜미가 붉게 물드는 것이 보였다.

그리고 고개를 푹 숙이고 있던 그녀가 어렵게 입을 뗐다.

"속이 시원하네요."

"뭐가?"

"죽기 전에 고백했으니까요. 이제 죽어도 여한이 없어요."

"넌 죽지 않는다니까."

"왜요?"

"내가 몇 번씩이나 강조했지만, 너의 가장 큰 단점은 다른 사람의 말을 믿지 않는다는 점이다."

"……?"

"내가 곁에 있는 한, 넌 죽지 않는다."

"대형!"

"또 왜? 여전히 못 믿겠느냐?"

"속는 셈 치고 한번 믿어 볼게요."

담서인이 환하게 웃었다.

그런 그녀에게서 두려움은 이제 흔적도 없이 사라져 있었다.

온전한 믿음.

마침내 담서인이 자신을 완벽하게 믿기 시작했다는 사실이 마음에 와 닿은 순간, 철무경은 다짐했다.

무슨 일이 있어도 저 웃음을 잃게 만들지 않겠다고.

기이잉.

철무경이 그 각오를 담아 적혈검을 검집에서 꺼냈다.

마치 기다렸다는 듯이 긴 검명을 토해 내는 적혈검을 일별한 철무경이 권황 장훈을 바라보았다.

"예상대로 위기가 닥쳤네요."

"어쩔 셈인가?"

"곱게 죽을 순 없죠."

"그렇긴 하지만……."

"밥값은 하셔야죠."

"그래야지. 누굴 맡을까?"

"패천권마를 맡으시죠."

장훈의 두 눈에 놀란 빛이 떠올랐다.

그리고 잠시 망설이다가 물었다.

"한 명만 맡아도 되는가?"

"충분합니다."

"하지만……."

"저는 지키지 못할 말은 하지 않습니다."

길게 옥신각신할 생각은 없었다.

그래서 철무경이 딱 잘라 말하자, 장훈도 더 이상 캐묻지 않고 희미하게 고개를 끄덕였다.

"그런데 왜 하필 패천권마인가? 권을 쓰는 자라서?"

"저도 마교의 장로들에 대해서 조금 압니다. 패천권마가 여기 모인 장로들 가운데 가장 약하다고 하더군요."

이번 대답을 듣고서 어이없다는 듯한 장훈의 표정을 확인한 철무경이 적혈검에 진기를 주입했다.

구혼독마와 파독장마.

천하에 흉명이 자자한 고수인 마교의 장로들이었다.

하지만 철무경은 이들을 혼자서 감당할 자신이 있었다.

"건방진 놈. 혼자서 우리 둘을 감당하겠다고?"

"그럴 생각이야."

"이거 관을 봐야 눈물을 흘릴 놈이로군."

"관을 봐야 눈물을 흘린다라…… 내 앞에서 그 말을 던지다가 먼저 관으로 들어간 사람들의 수를 세기도 힘들 지경이야."

"흥, 애송이 주제에. 입만 살았구나."

강호에 알려진 소문대로 파독장마의 성격은 급했다.

"쉽게 죽지 못하게 만들어 주마!"

더 말 상대를 할 가치도 느끼지 못한 듯 파독장마는 지체하지 않고 바로 일 장을 날렸다.

슈아악.

파독장마의 넓은 소맷자락이 부풀어 올랐다 느낀 순간, 거대한 장력의 여파가 용선 고서점 내부를 뒤덮었다.

파라락.

콰직.

용선 고서점의 책장에 꽂혀 있던 서적들이 모두 빠져나와서 휩쓸려 버릴 정도의 대단한 위력이 단긴 일 장이었지만, 철무경은 전혀 당황하지 않고 적혈검을 좌에서 우로 그었다.

서걱.

피이잉.

그리고 그 단순한 동작에 의해 거센 해일 같던 파독장마의 일 장은 산들바람으로 변해 가라앉았다.

"뭐야? 무슨 짓을 한 거냐?"

"눈으로 본 그대로야."

"내 장력을 그렇게 쉽게 해소해? 숨겨 둔 한 수가 있는 놈이었구나!"

"그런 적 없어."

"뭐라고?"

"처음부터 숨긴 적 없다고. 아까 내가 말했을 텐데. 혼자서 둘을 감당할 능력은 충분하다고."

"이거 정말 건방진 놈이로구나!"

주름이 가득한 얼굴이 순식간에 시뻘겋게 달아오른 파독장마가 지체하지 않고 연신 장력을 뿜어냈다.

부웅, 부웅.

대충 양팔을 휘두르는 것처럼 보였지만, 그가 뿜어내는 장력들에는 경천동지할 위력이 담겨 있었다.

철무경도 방심하지 못하고 적혈검을 신중하게 휘둘러 장의 위력을 감쇄시키며, 상황을 살폈다.

패권천마와 권황 장훈.

두 사람의 대결도 이미 시작되어 있었다.

정과 마.

양 진영을 대표하는 권법의 고수들답게 두 사람 사이의 대결도 무척이나 치열하게 진행되고 있었다.

파바바방.

근접전이 시작된 지 한참이 흘렀지만, 어느 쪽도 우위를 점하지 못한 상황.

대결의 상황은 일방적으로 흘러가지 않았다.

적어도 장훈이 쉽게 패하지는 않을 거라는 확신이 든 철무경이 다음으로 확인한 것은 담서인과 독고혜였다.

그리고 굳이 말하지 않아도 이미 그들의 곁에 임추량과 염노가 찰싹 달라붙어 있는 것을 확인한 철무경이 안도했다.

딱히 변수는 없었다.

철무경이 흥분한 파독장마와 구혼독마만 제압한다면 모든 상황이 해결되리라.

그런데 왜일까?

이상하게 불안했다.

모든 것이 자신의 통제하에 있다는 확신이 있음에도 불구하고, 이유를 찾기 힘든 불안감이 자꾸 가슴속으로 파고들고 있었다.

'뭐지?'

미간을 슬쩍 찌푸린 철무경의 시선이 구혼독마에게 닿았다.

이상하리만치 조용한 그에게 신경이 쓰인 순간, 파독장마가 다시 외쳤다.

"감히 네놈이 나와 싸우던 도중에 한눈을 팔아?"

흥분한 파독장마가 더욱 거칠게 양팔을 휘둘렀다.

펄럭.

소맷자락이 찢어질 듯이 부풀어 오르며 위맹한 장력이 철무경의 전신을 노리고 덮쳐 왔다.

신중한 기색으로 장력을 파훼하기 위해서 적혈검을 들어 올리고 있던 철무경의 미간이 꿈틀했다.

샤사사삭.

아까와는 달랐다.

단지 위맹하기만 한 장력이 아니었다.

모든 것을 집어삼킬 것처럼 거대한 장력은 눈속임에 불과했다.

진짜는 따로 숨어 있었다.

한 무더기로 뭉친 채 밀려들고 있던 장력이 갑자기 여러 갈래로 나누어지기 시작했다.

철무경이 적혈검을 휘둘러서 장력을 해소한 후 한숨을 돌리자마자, 마치 진짜는 이제부터가 시작이라는 듯 은밀한 장력이 발톱을 감춘 채 전신 요혈을 노리고 파고들었다.

허허실실.

워낙 은밀한 장력이었기에 만약 철무경이 긴장을 풀었다면 기척조차 알아채지 못했으리라.

그러나 철무경은 방심하지 않았고, 은밀한 장력들을 놓치지 않았다.

쿵.

철무경이 한 발 뒤로 물러나며 다시 적혈검을 어지러이 휘둘렀다.

기잉. 기이잉.

은밀한 장력과 부딪힐 때마다 적혈검이 기분 좋은 검명을 토해 냈다.

펑. 펑. 펑.

강한 위력이 담긴 장력은 무려 열 가닥으로 나뉘어져 있었다.

하지만 당황하지 않고 차분히 검을 휘둘러 마침내 모든 장력을 파훼하는 데 성공한 철무경은 거기서 멈추지 않았다.

따다당.

이미 파독장마의 장력에 대한 분석은 마친 후였다.

은밀한 장력을 정면으로 쳐부수는 대신, 검배로 장력들을 슬쩍 밀어내며 장력의 방향을 바꾸었다.

그리고 적혈검의 검신은 앞으로 전진하는 것을 멈추지

않고 파독장마의 가슴을 노리고 그대로 파고들었다.

푹.

"크흑!"

수비에서 그치지 않고 예기치 못한 공세로 전환하자 당황한 파독장마가 얼굴을 찡그리며 상체를 비틀었다.

그러나 완전히 피해 내기에는 늦었다.

잔뜩 독이 오른 적혈검의 검극은 파독장마의 어깨를 꿰뚫었고, 파독장마의 꽉 다문 입가를 비집고 묵직한 신음성이 터져 나왔다.

"이런 개 같은!"

적혈검을 늘어트린 채 침착한 기색을 유지하고 있는 철무경을 확인한 파독장마의 두 눈이 광기로 물들어 가기 시작했다.

상처를 입은 것보다 자존심에 금이 간 것을 참기 힘든 듯 파독장마가 양손을 동시에 앞으로 내밀었다.

파라라락!

파독장마의 소매가 한곳에 몰려든 내기로 인해서 터질 것처럼 부풀어 올랐다.

필살의 공격을 준비하고 있는 파독장마를 확인한 철무경도 가만히 기다리고 있지 않았다.

파독장마가 회심의 절초를 펼칠 때까지 기다려 주지 않고 적혈검을 앞세워 파고든 순간이었다.

"뇌우중첩장!"

콰르릉!

뇌전이 후려치는 듯한 굉음과 함께 시커먼 장력이 꾸역꾸역 밀려 나왔다.

쾅, 콰앙, 콰아앙!

철무경이 지지 않고 밀어 넣은 적혈검과 시커먼 장력이 연거푸 충돌했다.

'연환기!'

한 번의 공세가 끝이 아니었다.

파독장마의 장력은 쉬지 않고 해안가로 넘실대며 밀려드는 파도처럼 잇따라 분출됐다.

충격이 중첩됐다.

금방이라도 손목이 부러질 것처럼 시큰거렸지만, 철무경은 검병을 쥔 손을 끝까지 놓치지 않았다.

이제부터는 초식의 대결이 아니었다.

본격적인 내력의 대결로 접어들었다.

송긍송글 땀이 맺힌 파독장마의 이마가 꿈틀거렸다.

그에 반해 철무경의 호흡은 여전히 평온했다.

누가 봐도 철무경의 우세!

그러나 그때, 변수가 발생했다.

'암기!'

해일처럼 밀려들던 장력의 파도가 서서히 약해지고, 마

지막 남은 한 겹의 장력을 막 파훼하려는 순간, 눈에 보이지도 않을 정도로 작은 시커먼 쇠붙이들이 장력에 뒤섞인 채 파고들었다.

우모침!

소의 털처럼 작고 가늘어 은밀하기 그지없는 암기의 정체는 우모침이었다.

그리고 극독이 묻어 있을 것이 틀림없는 시커먼 우모침들을 확인한 순간, 철무경도 가벼이 넘길 수 없었다.

독에는 어느 정도 내성이 있었다.

그러나 상대는 독공의 고수인 구혼독마였다.

우모침에 묻어 있을 극독이 무엇인지 확실히 알지 못하는 이상, 가벼이 여기고 상대해서는 안 됐다.

그래서 철무경이 적혈검에 진기를 다시 주입했다.

슈아악.

마지막 장력의 파도를 분쇄한 철무경은 본능적으로 뒤로 물러나며 적혈검을 사방으로 휘저었다.

땅. 땅. 따다당.

시야를 한순간에 가려 버릴 정도로 작고 수가 많은 우모침을 일일이 검으로 쳐 내는 것은 무리였다.

적혈검에 진기를 주입해 검풍을 일으켜 가벼운 우모침들의 방향을 모두 바꾸어 버린 철무경이 곧바로 수세에서 공세로 전환했다.

구혼독마와 연횡한 회심의 공격마저 막혀서일까?

당혹스런 기색이 역력한 파독장마가 주춤거리며 뒤로 물러나고 있었다.

그러나 그가 뒤로 물어나는 것보다 적혈검을 앞세운 철무경이 그를 향해 다가가는 것이 훨씬 더 빨랐다.

푹.

최후의 발악을 하듯 파독장마가 양손을 앞으로 내밀었다.

그러나 적혈검은 그 손바닥을 그대로 꿰뚫었다.

그리고 거기서 끝이 아니었다.

"크아악!"

손바닥을 꿰뚫은 적혈검은 멈추지 않고 계속 뻗어나가 기어이 파독장마의 심장까지 한꺼번에 꿰뚫어 버렸다.

"이런 거지 같은……."

고통으로 일그러진 파독장마의 두 눈에서 서서히 생기가 빠져나갔다.

하지만 철무경은 흉명이 자자했던 마두의 최후를 느긋하게 감상하는 대신, 두 눈을 가늘게 떴다.

'어디로 사라졌지?'

방금 전, 우모침을 날려서 암습을 가했던 구혼독마가 보이지 않았다.

그리고 그가 사라졌다는 사실을 깨닫는 순간, 가슴속 한켠을 차지하고 있던 불안감이 증폭했다.

극독이 묻어서 새까맣게 물든 우모침은 치명적인 암기였다.

그러나 구혼독마가 사용하기에는 너무 약했다.

그 사실이 마음에 걸린 철무경의 시선이 재빨리 장내를 훑었다.

완벽하게 장내의 상황을 통제하고 있었다고 판단했다.

그러나 한 가지 놓치고 있었던 것을 뒤늦게 깨달았다.

바로 백묘령이었다.

'어쩌면?'

가능성이 희박한 가정이었다.

그러나 불안감은 곧 현실로 바뀌었다.

우모침으로 철무경의 시선을 가리고 사라졌던 구혼독마는 어느 틈엔가 백묘령의 곁으로 다가가 있었다.

구혼독마의 손에 들린 끝이 시커멓게 물든 단검을 확인한 철무경이 지체하지 않고 신형을 날렸다.

"멈춰!"

철무경이 경고했지만, 구혼독마는 그 경고를 따르지 않았다.

펑.

쐐애애액.

구혼독마가 신형을 돌리며 뭔가를 눌렀다.

시커먼 구 모형의 통!

구혼독마가 불룩 튀어나온 단추를 누르자마자 구 모형의 통이 폭발하며 시커먼 강침들이 사방으로 비산했다.

'배원접!'

암기통의 정체를 확인한 철무경이 헛숨을 들이켰다.

극독 중의 극독인 무형독이 잔뜩 묻어 있는 강침들이 빛살 같은 속도로 한꺼번에 쏟아져 나왔다.

그 강침들에 묻어 있는 무형독은 치명적이었다.

그래서 신중한 눈으로 쏟아지는 강침들을 바라보던 철무경이 적혈검을 이리저리 휘저었다.

채채채챙.

신중하게 강침들을 쳐 내서 방향을 바꾸면서도 철무경은 구혼독마와의 거리를 좁히기 시작했다.

그리고 그 와중에 백묘령을 살폈다.

마교의 장로인 구혼독마가 자신을 공격하리라고는 전혀 예상치 못한 탓일까?

무방비 상태로 서 있던 백묘령은 뒤늦게 위험을 깨닫고 주춤거리며 몇 걸음 뒤로 물러나고 있었다.

그러나 이미 살의를 품은 구혼독마의 손아귀에서 벗어나기에는 무리였다.

"아가씨!"

상황이 심상치 않음을 직감적으로 깨달은 패천권마가 벼락처럼 신형을 돌리며 비명 같은 외침을 토해 냈다.

퍼엉.

그 순간, 패권천마가 허점을 드러내는 것을 놓치지 않은 장훈의 주먹이 패천권마의 등을 강타했다.

패천권마가 입에서 피를 뿜으며 끈 떨어진 연처럼 날아 간 것과, 철무경이 신형을 날린 것은 거의 동시였다.

기이잉.

찢어질 듯한 검명을 토해 내는 적혈검의 검신이 일순 길 어진 것처럼 보인 것은 착각이 아니었다.

한 자 길이의 희뿌연 강기가 검신을 덮었기 때문이었다.

적혈검에 서린 검강은 거침없이 구혼독마를 향했다.

적혈검이 구혼독마의 목을 벤 순간, 구혼독마의 단검도 지체하지 않고 백묘령의 심장을 꿰뚫어 버렸다.

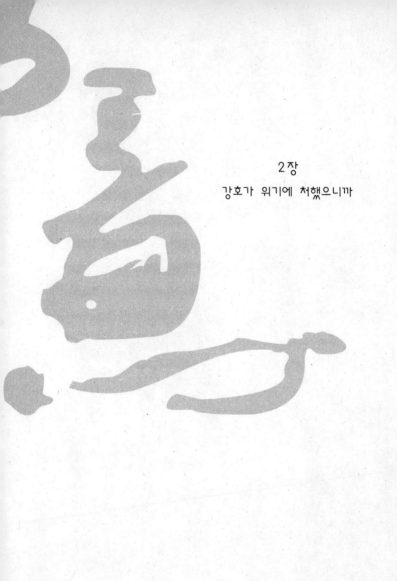

2장
강호가 위기에 처했으니까

툭.

데구르르.

풀썩.

바닥에 힘없이 쓰러지는 백묘령의 등을 받친 철무경이 침울한 얼굴로 그녀를 살폈다.

단검은 정확히 심장을 꿰뚫었다.

게다가 구혼독마가 휘두른 단검에는 정체조차 불분명한 극독마저 묻어 있었다.

발작하듯 경련을 일으키고 있는 백묘령의 신형이 단검에 묻은 독이 얼마나 지독한지를 알려 주고 있었다.

만약 구혼독마가 살아 있었다면 그를 추궁해서 독의 정

체를 알아내고 해약을 마련할 수 있었을 텐데.

목이 잘려 나간 구혼독마가 이미 죽어 버린 마당이니, 그 조차도 불가능했다.

"왜…… 대체 왜……?"

아직도 상황 파악이 잘 되지 않아서일까?

서서히 생기가 빠져나가는 백묘령의 두 눈에는 의문이 깃들어 있었다.

다른 사람도 아니고, 마교의 장로 중 한 명인 구혼독마가 왜 자신을 공격했는지 이해가 가지 않는다는 표정이었다.

"나도 몰라."

"처음…… 이네."

"뭐가 처음이란 거지?"

"당신이 모르는 게 있는 거."

"……."

"그리고 당신이 날…… 안아 준 거."

지금 상황과는 전혀 어울리지 않는 이야기였다.

그래서 철무경이 쓰게 웃는 사이, 백묘령이 희미하게 웃었다.

"나…… 죽겠지?"

"아마."

"억울하네."

"뭐가 억울해?"

"당신하고…… 꼭 한 번 같이 살아 보고 싶었는데."

백묘령의 신형에서 점점 더 힘이 빠져나갔다.

철무경이 재빨리 진기를 주입해 보았지만, 독으로 인해 이미 완전히 막혀 버린 혈도는 진기의 주입조차 어렵게 만들었다.

"아까 한 말…… 거짓말이었어."

"……?"

"당신을 진짜로 좋아했어. 당신을 이용하려고 했던 적, 없어."

"알아."

철무경이 대답하자, 백묘령의 표정이 조금 편안해졌다.

"알고 있었구나. 그래, 당신은 모르는 게 없었지. 마지막으로 하나만…… 물어볼게."

"말해."

"왜 난…… 안 되는 거였어? 내가 그렇게…… 못 생겼어?"

"못 생기지 않았어. 꽤 예쁜 편이지."

"그런데?"

"당신의 신분이 문제였지."

"우리 아버지가…… 마교주여서?"

"그래."

"그랬구나. 그래서…… 내가 우리 아버지를 싫어했던…… 거였어."

"이제 그만해."

백묘령은 말하는 것조차 힘에 부쳐 하는 기색이 역력했다.

그래서 말을 멈추라고 충고했지만, 백묘령은 충고를 받아들이는 대신 말하는 것을 멈추지 않았다.

"우리 아버지…… 알아?"

"만난 적이 있다."

"내가 죽으면…… 가만있지 않을 텐데."

"알고 있다."

"당신이…… 말려 줘."

"……."

"당신이라면 말릴 수 있잖아. 부탁…… 이야."

"알았다."

백묘령의 힘없는 목소리에는 간절함이 묻어 있었다.

그래서 철무경이 더 외면하지 못하고 수락하자, 백묘령은 그제야 안심한 듯 희미하게 웃으며 눈을 감았다.

그리고 그게 끝이었다.

잠든 것처럼 두 눈을 감았던 그녀는 다시 눈을 뜨지 못했다.

"설마…… 죽었어요?"

"그래."

미운 정도 정인 걸까?

기척도 없이 곁으로 다가와 있던 담서인이 백묘령의 죽음을 확인하고서 눈물을 흘리기 시작했다.

하지만 철무경에게는 그녀의 눈물을 닦아 줄 여유도 없었다.

"상황이 곤란하게 됐군."

철무경이 시선을 돌리자 죽어 버린 마교의 장로들이 보였다.

마교의 장로들은 모두 죽었고, 백묘령, 아니, 구묘령도 죽었다.

구묘령이 죽은 것은 마교의 장로들 가운데 한 명인 구혼독마의 변심 때문이었지만, 그것을 증언해 줄 사람은 아무도 없었다.

철무경이나 장훈이 아무리 열변을 토해 낸다고 해도, 하나뿐인 딸을 잃은 마교주 구효서가 그 말을 순순히 믿어 줄리 없었다.

"이제 어쩌죠?"

담서인이 질문을 던졌다.

그리고 이번 질문에는 철무경도 선뜻 대답하지 못하고 망설였다.

구묘령의 예기치 못한 갑작스런 죽음으로 인해 상황은 최악으로 치닫고 있었다.

석상처럼 굳어진 채 서 있던 철무경의 두 눈에 희미하게 웃고 있는 구혼독마의 얼굴이 보였다.

마치 자신에게 주어진 임무를 완수했다는 듯 웃고 있는 구혼독마의 얼굴을 확인한 순간, 철무경이 대답을 꺼냈다.

"약속을 지켜야지."

이대로라면 정마대전이라도 벌어질 판국이었다.

그것을 막기 위해서는 백묘령과 약속한 대로 구효서를 말려야 했다.

"어떻게요?"

담서인이 걱정스런 기색을 감추지 못한 채 다시 질문을 던졌다.

그리고 철무경도 이번만큼은 시원하게 답하지 못 하고 망설이다가 입을 열었다.

"나도 몰라."

*   *   *

긴급!

전서웅의 다리에는 긴급이라는 뜻의 붉은 수실이 매달려 있었다.

그리고 전서웅이 가지고 온 전서를 받아들었을 뿐 펼치지도 않았는데, 육시열은 벌써 불안감이 엄습하는 것을 느졌다.

"괜찮아. 변수가 없잖아."

그 불안감을 애써 밀어내기 위해 혼잣말을 중얼거린 육시열이 단단히 밀봉되어 있던 전서를 펼쳤다.

그리고 잠시 뒤, 육시열의 양손에서 힘이 빠져나갔다.

그 탓에 전서가 바닥으로 나풀거리며 떨어졌다.

"이게 대체…… 어떻게 된 거지?"

코끝을 찌르던 그윽하던 다향은 더 이상 느낄 수 없었다.

부들부들 떨리고 있는 손으로는 바닥에 떨어진 전서를 다시 주워 드는 것조차도 쉽지 않았다.

몇 번을 헤매다가 간신히 집어 든 전서를 한 자도 빼놓지 않고 몇 번씩이나 다시 읽어 보았지만, 잘못 본 것이 아니었다.

"삼 장로가 모두 죽었다. 아니, 마검도 죽었으니…… 사 장로로군."

마교가 자랑하는 장로들은 고수였다.

혼자 힘으로도 어지간한 규모의 문파 하나쯤은 하룻밤 새에 멸문시킬 정도로.

그래서 마교의 삼 장로를 모두 동원한 이번 일이 실패로 돌아갈 거라고는 꿈에도 예상치 못했다.

하지만 긴급으로 들어온 전서는 육시열의 예상이 완전히 빗나갔다고 친절하게 알려 주고 있었다.

그리고 그게 다가 아니었다.

삼 장로, 아니, 사 장로의 죽음보다 훨씬 더 충격적인 내용이 전서의 말미에 적혀 있었다.

"아가씨가 죽었다고? 대체 누가 죽였지?"

워낙 충격적인 내용이었다.

그래서 마뇌라 불리는 육시열의 머리조차 한순간 굳어 버렸다.

"무림맹의 짓인가? 아니, 지금 아가씨를 누가 죽인 게 중요한 게 아니잖아. 그보다 더 급한 게 있지."

잠시 뒤, 횡설수설하고 있던 육시열이 자리에서 일어났다.

혼자서 품고서 해결하기에는 너무 큰 비보였다.

한시라도 빨리 구효서에게 알려야 했다.

그러나 교주 집무실로 가까이 다가갈수록 발걸음이 무거워지는 것은 어쩔 수 없었다.

교주인 구효서는 딸바보라 불릴 정도로 구묘령을 아꼈다.

그런데 그런 구묘령의 죽음을 알린다면 과연 어떤 반응을 보일까?

육시열으로서도 감히 짐작조차 가지 않았다.

그래서 단단히 긴장한 채 집무실로 들어선 육시열이 구효서와 마주했다.

"그 새끼, 찾아냈어?"

다짜고짜 던져 낸 질문을 듣고서야 구효서가 예전에 맡겼던 임무가 떠올랐다.

구효서는 자신을 폐관 수련에 들게 만들었던 젊은 놈의 정체를 밝히고 찾아내라는 지시를 했었다.

그러나 아직 그 임무에는 진전이 없었다.

그리고 지금은 그 임무가 문제가 아니었다.

"아직입니다."

"아직이라고?"

"그렇습니다."

"역시 뒈졌나?"

"확실한 것은 아무것도 없습니다."

"뒈졌을 거야."

구효서의 입가로 희미한 웃음이 떠오르는 것을 확인한 육시열이 기회를 놓치지 않고 비보를 전했다.

"문제가 생겼습니다."

"문제? 무슨 문제?"

"삼 장로가 실패했습니다."

"삼 장로가 모두 나섰는데도 독고혜를 죽이는 데 실패했다고?"

"그렇습니다."

"무림맹주가 미리 손을 썼나? 그거 의외로군. 무림맹주는 딸을 그리 사랑하지 않는 줄 알았는데."

아직 사태의 심각성을 파악하지 못한 구효서는 대수롭지
않게 받아들였다.

그 반응을 살피던 육시열이 마른침을 꿀꺽 삼킨 채 덧붙
였다.

"삼 장로가 모두 죽었습니다."

"죽어? 누가 걔들을 죽여?"

"아직 파악하지 못했습니다."

"걔들이 그렇게 쉽게 죽을 애들이 아닌데."

"삼 장로가 다가 아닙니다."

"또 누가 죽었는데?"

"마검도 죽었습니다."

"마검까지 죽었다고?"

비로소 사태 파악이 끝난 구효서의 표정이 무섭게 일그
러졌다.

마검 백문성의 임무는 구묘령의 암중 호위.

그런 마검의 죽음이란 소식을 접한 구효서의 안색이 변
했다.

그리고 침중하기 그지없는 육시열의 표정을 살피다가 한
참만에야 입을 뗐다.

"아니지?"

"교주님!"

"아닌 것 맞지?"

"……."

"당장 아니라고 말하란 말야. 대갈통을 부셔 놓기 전에."

구효서가 일순간에 엄청난 마기를 쏟아 냈다.

덜덜.

마기가 순식간에 집무실을 잠식했다.

그리고 그 터질 듯한 마기는 무공이 약한 육시열이 감당하기에는 역부족이었다.

꺼억, 꺼억.

집무실을 모두 잠식한 강력한 마기가 육시열의 숨을 막히게 만들었다.

그리고 주체하지 못하고 신형이 떨리기 시작했다.

공포가 밀려들었다.

죽음이란 단어가 눈앞에 닥친 순간, 집무실을 짓누르고 있던 살기 섞인 마기가 다행히 약해졌다.

그리고 그 덕분에 육시열은 막힌 숨을 간신히 토해 낼 수 있었다.

"어떤 놈의 짓이야?"

구효서의 눈자위가 붉게 달아올라 있었다.

극도의 흥분 상태라는 증거.

그러나 그의 목소리는 무서우리만치 착 가라앉아 있었다.

그리고 육시열은 그게 더 두렵게 느껴졌다.

착 가라앉아 있는 구효서의 싸늘한 목소리에는 감출 수

없는 분노가 담겨 있었다.

"아직 확인하지 못했습니다."

"그것도 몰라?"

"죄송합니다."

"내 말 명심해."

"……?"

"한 번만 더 내 앞에서 모른다는 소리를 늘어놓으면 대갈통을 부순다. 자, 다시 말해 봐. 어떤 놈의 짓이야?"

육시열이 마른침을 꿀꺽 삼켰다.

구효서는 허언을 하는 자가 아니었다.

만약 한 번만 더 모른다는 말을 꺼내면 정말 머리통이 부숴지리라.

그 사실을 깨달은 육시열이 조심스럽게 입을 열었다.

"가능성을 압축해 본 결과 두 가지입니다."

"어서 말해 봐."

"우선 무림맹의 소행일 가능성이 있습니다."

"무림맹이면 독고 놈이 직접 나섰다?"

"정보를 확인한 결과, 독고진은 움직이지 않았습니다."

"그럼?"

"그가 암암리에 지시했을 가능성이 높습니다."

"그렇겠지. 앞으로는 공명정대한 척 대형 흉내를 내고 있지만, 뒤로 꿍꿍이를 부리는 놈이니까."

미간을 찡그리고 있던 구효서가 다시 입을 뗐다.

"나머지 하나는?"

"혹시 철무경이란 자를 기억하십니까?"

"철무경?"

"아가씨가 마음에 두고 있는 자라고 지난번에 말씀드린 적이 있습니다."

"강호소사전담반인가 뭔가 하는 곳의 수장이란 놈?"

"그렇습니다."

"그놈이 그 정도로 고수인가?"

"그건…… 아직 파악하지 못했습니다."

육시열이 다시 마른침을 꿀꺽 삼켰다.

전서를 접한 후, 필사적으로 가능성이 있는 것을 추렸다.

그 결과 두 가지 가능성으로 압축했지만, 육시열 자신조차도 이 두 가지 가능성에 의문이 남아 있었다.

어느 쪽도 가능성이 희박했기 때문이었다.

"좀 더 자세히 알아보도록……."

"그럴 필요 없어."

"네?"

"천마령을 발동해!"

육시열이 두 눈을 부릅뜬 채 얼어붙었다.

천마령!

오직 십만 마교의 수장인 천마 구효서만이 발동할 수 있는 천마령이 발동되면 천하 각지에 흩어져 있는 마인들이 모두 일어서리라.

그리고 이것이 의미하는 것은 단 하나였다.

정마대전!

천마령이 발동되면 더 이상 되돌릴 수 없었다.

"교주님!"

"왜 그러지?"

"사태 파악을 좀 더 한 뒤에…….."

"그러면…… 내 딸이 살아 돌아오나?"

"……."

"내 딸이 죽었어. 이유는 그걸로 충분해."

육시열이 두 눈을 질끈 감았다.

이제 구효서를 말릴 수 있는 방법은 없었다.

쿵. 쿵. 쿵.

육시열이 대리석 바닥에 머리를 찧으며 부복한 채 대답했다.

"천마령을…… 발동하겠습니다."

＊　　　＊　　　＊

담서인이 조심스럽게 주변을 살폈다.

마교의 장로 셋이 죽고, 마교주의 딸인 구묘령도 용선 고서점에서 죽었다.

하지만 언제 그런 일이 있었냐는 듯 용선 고서점의 내부는 깨끗하게 정리되어 있었다.

유일하게 달라진 점이라고는 용선 고서점 한구석에 큼지막한 관이 하나 놓여 있는 것이었다.

그리고 저 관 안에는 구묘령의 시신이 안치되어 있었다.

"왜 안 마셔요? 술이라면 환장을 하는 사람이?"

핏자국을 걸레로 닦아서 깨끗이 지워 낸 바닥에 둘러앉은 채 술자리를 마련했다.

평소라면 술과 원수라도 진 사람처럼 쉬지 않고 마셔 대던 임추량은 술을 반쯤 채운 사기잔만 매만질 뿐, 쉽게 입으로 가져가지 않고 있었다.

"술맛이 없어."

"추량 선배가 그럴 때도 있어요?"

"지금 흥청거리며 술 마실 때가 아니잖아."

"왜요?"

"강호가 위기에 처했으니까."

임추량의 말이 옳았다.

강호가 위기에 처했기 때문일까?

술자리의 분위기는 전혀 흥겹지 않았다.

담서인도 술을 홀짝거리며 철무경의 눈치를 살폈다.

'우리 대형, 그새 얼굴이 많이 상했네.'

구묘령이 죽고 난 후, 철무경의 표정은 계속 심각하게 굳어져 있었다.

그래서 담서인은 선뜻 대형의 곁으로 다가가지 못했다.

'하고 싶은 말도 많고, 묻고 싶은 것도 많은데……'

철무경을 힐끔거리며 살피던 담서인은 혼자 애를 태웠다.

어쩌다 보니 자신이 여자라는 사실을 밝혀 버렸다.

아니, 철무경은 이미 자신이 여자라는 사실을 알고 있었다고 말했다.

'그럼 대형을 향한 내 마음까지 이미 알아챘던 것은 아닐까?'

거기까지 생각이 미치자 갑자기 부끄러워졌다.

그래서 얼굴이 붉게 달아올랐다.

상기된 얼굴을 감추기 위해서 두 손을 들어 뺨을 감싸면서 담서인이 쓰게 웃었다.

여자란 존재는 어쩔 수 없었다.

자꾸 대형의 마음을 확인하고 싶어졌다.

당금 강호가 처한 위기보다 대형의 마음이 더 중요하게 느껴졌다.

그러나 마땅한 기회를 잡지 못해 혼자 애를 태우고 있을 때, 장훈의 곁에 다소곳이 앉아 있던 독고혜가 입을 열었다.

"나 때문이에요."

"……."

"……."

"내가 여기 찾아오지만 않았으면 이런 일이 생기지 않았을 텐데. 아니, 무경 아저씨의 말처럼 조금 일찍 돌아가기만 했으면 이렇게까지 되지는 않았을 텐데. 무경 아저씨 말을 들을 걸 그랬네요."

자괴감이 깃든 목소리에는 힘이 없었다.

그리고 독고혜가 짓고 있는 처연한 표정은 안쓰럽게 느껴질 지경이었다.

그래서 담서인이 나섰다.

"네 탓이 아니야."

"언니!"

언니라는 단어가 낯설었다.

그래서 잠시 흠칫 했던 담서인이 쓰게 웃으며 덧붙였다.

"어차피 벌어질 일이었기 때문에 이런 일이 생긴 거야."

"고마워요."

"정말이야. 그러니까 너무 괴로워하지도 자책하지도 마."

아무도 독고혜를 위로해 주지 않았다.

그래서 담서인이 일부러 나섰지만, 철무경이 고개를 흔들었다.

"네 탓이 맞다."

"무경 아저씨!"

"대형!"

너무 가혹하다는 생각에 철무경을 만류하기 위해서 담서인이 나섰다.

그렇지만 철무경은 도중에 멈추지 않았다.

"넌 네 아버지를 싫어한다고 말하겠지. 하지만 넌 그동안 네 아버지 덕분에 많은 것을 누리며 살아왔다."

"내가 대체 뭘 누렸다는 거예요?"

서러움이 복받쳐서일까?

독고혜의 커다란 두 눈에 그렁그렁 맺혀 있던 눈물이 뺨을 타고 주르륵 흘러내리기 시작했다.

"누군가는 끼니를 잇지 못해 길거리에서 굶어 죽어 가고, 한기를 막아 줄 옷이 없어서 얼어 죽어 갈 때, 넌 돈 걱정 없이 살았다. 그뿐이 아니지. 권황을 호위 무사로 쓰는 사람은 천하에 너뿐일 것이다."

"……."

"네가 원치 않았다고 해도 넌 많은 것들을 누리며 살아왔다. 그리고 네가 누린 것들만큼 책임이 따르는 법이다."

"다시 한 번 말하지만 내가 원한 게 아니에요."

"그럼 진즉에 벗어던졌어야지."

"어떻게요?"

"네 아버지와 연을 끊으면 가능하지."

"······."

"할 수 있느냐?"

철무경의 질문을 들은 독고혜가 멈칫했다.

그리고 쉽게 대답하지 못하고 망설이던 그녀는 끝내 대답을 하지 않고 술자리를 떠나 버렸다.

담서인이 그녀의 뒤를 따라가려 했지만, 임추량이 어깨를 지그시 눌렀다.

"왜요?"

"혼자 있게 내버려 둬."

"하지만······."

"어리광을 피울 나이는 지났잖아. 자기 어깨에 짊어져 있는 책임의 무게를 절실히 느껴야 한 뼘 더 성장할 수 있는 법이야."

평소와 달리 임추량은 웃음기를 쏙 뺀 채 냉정하게 말했다.

딱히 틀린 말은 아니었다.

그 말을 곱씹던 담서인이 의아함을 느끼고 물었다.

"왜 이래요?"

"뭐가?"

"혜아가 예뻐서 좋아했잖아요."

"그랬었지."

"그런데 왜 이렇게 모질게 변했어요? 솔직히 말해 봐요. 혜아한테 들이댔다가 차였죠?"

"큼큼. 그런 적 없거든."

"헛기침하면서 당황하는 것 보니까 맞네."

"아니라니까."

임추량이 발끈하며 부인했지만, 지나치게 강한 부정은 긍정이나 마찬가지였다.

"왜 차였어요?"

"진짜 아니라니까. 그리고 내가 누군지 몰라? 항주의 기녀들과 과부들의 열렬한 구애를 받고 있는 절세미남 임추량이라고."

"알죠, 아주 잘 알죠. 한물간 기녀들과 과부들만 사랑하는 늙은 미남 임추량이라는걸."

"너……."

"왜요?"

"요즘 입이 험해졌다?"

"강호인이 됐으니까 당연한 거잖아요. 험난한 강호에서 살아가려다 보니 자연스레 입이 거칠어지네요."

"대단한 강호인 나셨네."

"뭐요?"

"조금만 더 시간이 더 지나면 말로 사람을 죽이겠어."

"전설의 구화공(口話功)?"

"갖다 붙이기는."

담서인이 해맑게 웃었다.

그래, 이렇게 투닥거리니까 좋잖아.

너무 침울한 분위기는 강호소사전담반에는 전혀 어울리지 않는다고.

무척 심각하던 분위기가 임추량과 담서인의 분전으로 인해 조금 밝아졌지만, 장훈이 금세 찬물을 끼얹었다.

"이해가 안 가는군."

"뭐가 말이오?"

"구혼독마가 왜 그랬을까?"

"죽어 버렸으니 알아낼 방법이 없소."

철무경이 대수롭지 않게 대꾸하자, 장훈이 다시 말을 이었다.

"마교 내의 알력 다툼일까? 아니면, 개인적인 원한일까?"

담서인이 손가락으로 뺨을 긁적였다.

구혼독마의 돌발 행동은 확실히 이해가 가지 않는 측면이 많았다.

그래서 여러 가지 추측을 할 수는 있겠지만, 정확한 이유를 알아내는 것은 쉽지 않았다.

아까 철무경의 말대로 구혼독마가 이미 죽어 버렸기 때문이었다.

"아쉽구나."

다시 이어지기 시작한 답답한 침묵을 깨트려 준 것은 염노였다.

"뭐가 아쉬운데요?"

기회를 놓치지 않고 담서인을 말을 받자, 염노가 낄낄 웃으며 덧붙였다.

"구혼독마가 살아만 있었다면 많은 것을 알아낼 수 있었을 텐데. 우리에게는 고문 전문가가 있으니까."

"그 고문 전문가가 혹시 저예요?"

"당연하지."

"사양할게요."

"왜 사양해? 마교의 장로를 고문하는 기회는 자주 찾아오는 게 아닌데."

"다른 사람도 아니고 마교의 장로를 고문하고 나면 아마 불안해서 제명에 못 죽을 것 같거든요."

"소심하긴."

"소심해야 오래 산다고 누가 그랬어요."

염노의 말꼬리를 붙잡고 늘어지면서, 담서인은 철무경을 힐끗 살폈다.

이 가벼운 대화 덕분일까?

아까까지만 해도 심각하기 그지없던 철무경의 표정이 조금은 홀가분하게 바뀌어 있었다.

"구혼독마가 왜 이런 짓을 벌였는가 보다 더 중요한 게 있소."

"뭔가?"

"천마의 폭주를 막는 것!"

장훈이 희미하게 고개를 끄덕이는 것을 바라보던 담서인이 참지 못하고 마른침을 꿀꺽 삼켰다.

천마가 어쩌고저쩌고.

무림맹주가 이렇고저렇고.

물론 천마나 무림맹주가 금기어는 아니었다.

그래서 담서인도 그들의 이름을 입에 올린 적이 여러 번 있었다.

하지만 그때는 술자리에서 농담처럼 꺼낸 것이 대부분이었다.

이걸 어떻게 설명하면 될까?

굳이 설명하자면 천마나 무림맹주는 지금 담서인이 살고 있는 세상과 전혀 다른 별개의 세상에서 살아가는 사람이나 마찬가지였다.

그런데 요즘 들어서 그 경계가 허물어졌다.

무림맹주의 딸내미는 용선 고서점에서 무전취식을 하고 있고, 천마의 딸내미는 불과 며칠 전에 용선 고서점에서 생을 마감했다.

그리고 이제는 딸내미를 잃은 분노로 폭주하고 있는 천

마 구효서를 막아야 하는 중책까지 떠맡았다.

"아, 낯설다!"

담서인이 한숨을 내쉬며 혼잣말을 중얼거렸다.

엄살이 아니라 정말 낯설었다.

강호소사전담반은 말 그대로 강호의 작은 일만 처리하는 단체였다.

그런데 어쩌다 보니 은연중에 강호의 중심부 중에서도 가장 깊숙한 곳까지 파고들어 있었다.

그래서 담서인이 고개를 절레절레 흔들 때, 염노가 끼어들었다.

"무섭냐?"

"조금요."

"조금?"

"솔직히 말하면 많이 무서워요. 상대가 다른 사람도 아니고 천마잖아요. 염노는 안 무서워요?"

"사실…… 조금 무섭긴 하다."

"그렇죠?"

"하지만 괜찮다."

"왜요?"

"내겐 든든한 동료들이 있으니까."

든든한 동료라.

염노의 동료라면…… 철무경과 임추량, 그리고 담서인뿐

이었다.

담서인이 생각하기에는 영 미덥잖은 조합이었지만……
이 말을 꺼내는 염노의 두 눈에는 한 점의 의심도 깃들어
있지 않았다.

"그러니 너도 겁먹지 말거라."

"염노를 믿으라고요?"

"그래."

"염노를 뭘 보고…….”

"나를, 추량이를, 그리고 무경이를 믿거라."

"아, 네. 뭐 그러죠. 그다지 큰 위안은 안 되겠지만."

"만약에…… 만약에 말이다."

"……?"

"네가 위험에 빠진다면…… 우리가 무슨 수를 써서라도
구해 줄 것이다. 너는 우리의 동료니까."

염노의 표정이 너무 진지해서 담서인은 슬쩍 비꼬는 대
신 그냥 입을 다물었다.

이번이 처음이었다.

염노가 조금 믿음직스럽게 느껴진 것은.

그리고 염노만 있는 것이 아니었다.

"천마의 폭주를 막는 것은…… 너무 걱정할 것 없네."

강호에 명망이 자자한 고수인 권황 장훈도 이 자리에 함
께 있었다.

"우리가 할 일이니까."

장훈이 장담하듯 잘라 말하는 것을 듣고서 담서인이 고개를 끄덕였다.

그의 말이 옳았다.

천마의 폭주를 막는 것은 강호의 잘난 영웅들이 할 일이었다.

이건 강호소사전담반이 맡아서 처리하기에는 너무 큰일이었다.

"지금쯤이면 무림맹의 책사인 제갈후, 그 친구가 분주히 움직이며 대책을 세우고 있을 것이네. 그리고 천마의 폭주를 막기 위해서 맹주님도 움직일 걸세."

그래, 이게 정상이었다.

천마의 이름값에 걸맞는 상대는 철무경이나 염노, 임추량이 아니라, 무림맹주 독고진과 무림맹의 장로들이었다.

장훈의 이야기를 들은 덕분에 마음이 조금 홀가분해진 담서인이 겨우 웃음을 되찾았을 때였다.

"아마…… 독고진은 막지 못할 거요."

"왜 그리 생각하는가?"

"내 짐작이 틀리지 않다면…… 구효서와 독고진은 장기판의 말일 뿐이오. 이 모든 것을 막후에서 조종하고 있는 누군가가 따로 있을 것이오."

철무경의 입에서 충격적인 이야기가 흘러나왔다.

그리고 놀란 탓에 어느 누구도 입을 열지 못하는 사이, 철무경이 술잔을 입으로 가져가며 덧붙였다.

　"그게 누군지…… 짐작이 가오."

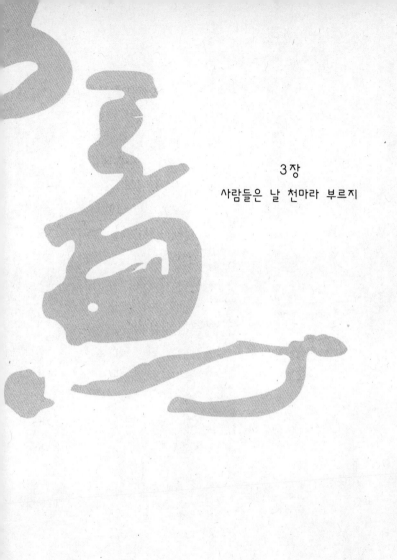

3장
사람들은 날 천마라 부르지

'구묘령이 죽었다?'

제갈후에게 급보가 날아들었다.

그리고 이건 충격적인 비보였다.

"균형이 무너진다!"

마교와 무림맹.

강호를 지탱하고 있는 두 곳의 거대 단체가 항시 서로를 위협하면서도 큰 분쟁이 벌어지지 않은 것은 힘의 균형추가 엇비슷했기 때문이었다.

그러나 구묘령의 죽음으로 인해 상황이 달라졌다.

구효서가 이 비보를 접하고 가만히 있을 리 없었다.

그는 설령 공멸하는 한이 있더라도, 이번 일의 책임을 묻기 위해서 기꺼이 손에 피를 묻히리라.

"어떻게든 막아야 해!"

갈증이 치밀었다.

이미 향이 날아가 버린 식어 버린 차를 한 모금 마신 제갈후가 보고서를 살피며 바삐 머리를 굴렸다.

흉수는 마교의 장로인 구혼독마.

이건 확실했다.

마침 현장에 있었던 권황 장훈이 목격했으니까.

하지만 마교의 장로인 구혼독마가 대체 왜 구묘령에게 칼을 들이댔는지 이유 여부는 알 수 없었다.

그리고 더 큰 문제는 천마 구효서가 이 말을 순순히 믿을 리 없다는 사실이었다.

하나뿐인 딸, 구묘령의 죽음으로 인해 눈이 뒤집힌 구효서에게는 사실 여부가 중요치 않으리라.

지금 그는 감출 수 없는 분노를 풀 상대가 필요할 뿐이었다.

"우선은 힘으로 막는 수밖에."

구혼독마가 살아 있었으면 좋았겠지만, 이미 그는 죽어 버린 후였다.

지금은 다른 방법을 찾기에는 역부족이었다.

일단 구효서의 폭주를 힘으로 제압한 후, 그를 설득시키고 이해시키는 것이 최선이라는 판단이 들었다.

비로소 계산을 마친 제갈후가 바로 집무실을 빠져나왔다.

상황은 급변하고 있었고, 지체할 여유가 없었다.

맹주전으로 침입하듯 뛰어 들어간 제갈후는 느긋하게 홀로 술잔을 기울이고 있는 독고진을 발견하고 눈살을 찌푸렸다.

지금 강호의 정세가 얼마나 급박하게 돌아가고 있는지 맹주인 독고진이 과연 알기나 하는 걸까?

용선 고서점에서 구묘령이 죽었다.

하지만 만약 조금만 상황이 엇나갔다면, 독고진의 딸인 독고혜가 죽었을지도 모르는 상황이었다.

그런데 팔자 편하게 집무실에서 술이나 마시고 있는 독고진을 확인하자, 기분이 상하는 것은 어쩔 수 없었다.

"맹주님!"

"목이 말라 보이는데 한잔할 텐가?"

"지금 이럴 때가 아닙니다. 큰일이 났습니다."

"강호에 언제 바람 잘 날이 있었던가?"

"구묘령이 죽었습니다."

"……."

"그리고 천마령이 발동됐습니다."

"천마령이 발동됐다?"

막 입가로 가져갔던 술잔이 멈칫했다.

독고진은 술을 마시지 않고 다시 잔을 내려놓으며 입을

뗐다.

"마침내 때가 됐군."

"맹주님!"

"어차피 한번은 벌어질 일이 아니었던가?"

크게 놀라지 않고 담담한 목소리로 대꾸하는 독고진의 두 눈에는 묘한 열기가 깃들어 있었다.

그리고 그 모습을 확인한 제갈후의 표정이 굳어졌다.

왜일까?

지금 독고진의 모습을 보고 있자니 불쑥 그런 생각이 들었다.

어쩌면 독고진이 지금 이런 순간이 찾아오기만을 기다리고 있었던 게 아닐까 하는.

"그럼 어찌하면 될까?"

"맹주님!"

"자네라면 이런 상황이 찾아올 걸 예상했을 것 아닌가? 어떤 식으로 대비해야 할지 자네가 알려 주게."

제갈후가 작게 한숨을 내쉬었다.

독고진의 말은 틀리지 않았다.

최악의 상황을 가정하고 준비하는 것이 책사의 역할.

그래서 제갈후는 미리 준비해 온 방책들을 꺼내 놓기 시작했다.

"가장 급한 것은 아가씨의 안위입니다."

구묘령이 죽었으니, 구효서는 복수를 꿈꿀 것이었다.

이에는 이, 눈에는 눈.

평소라면 이 단순한 계산이 들어맞지 않으리라.

하지만 지금 구효서는 딸의 죽음으로 인해 눈이 뒤집힌 상황이었다.

어느 누구의 충고도 제대로 들리지 않을 터.

구묘령의 죽음에 정파 무림이 관여되어 있을 거라 판단한 구효서는 똑같이 되갚아 주려고 할 것이었다.

그렇다면 가장 위험한 것은 바로 독고혜였다.

"우선은 아가씨를 구해야 합니다."

"그래야지."

"항주로 호위무사들을 보내야 합니다."

"누굴 보내면 될까?"

'누굴 보내지?'

독고진의 질문을 듣고서 제갈후는 일순 말문이 막혔다.

흥분한 구효서가 수하들을 잔뜩 이끌고 찾아왔을 때, 그를 막을 수 있는 자가 대체 누가 있을까?

이 단순한 질문에 대한 답은 하나.

바로 눈앞에 앉아서 술을 홀짝이고 있는 독고진이었다.

게다가 지금 위기에 처한 것은 독고진의 딸인 독고혜였다.

당연히 독고진이 나설 것이라 확신했는데, 지금 그의 말은 자신이 움직일 생각이 없다고 알려 주고 있었다.

"맹주님께서 직접 나서야만 천마를 막을 수 있습니다."

"난…… 나설 생각이 없네."

"왜입니까?"

"음모일 수도 있으니까."

"……?"

"누군가는 중심을 잡아야지."

신중한 걸까? 아니면, 냉정한 걸까?

제갈후는 좀체 가늠할 수가 없었다.

어쨌든 확실한 것은 하나였다.

독고진은 직접 나설 생각이 없다는 뜻을 밝혔다.

그리고 독고진의 의중을 확인한 이상, 제갈후로서는 지금껏 세운 모든 계획을 수정할 수밖에 없었다.

'권황 장훈은 마침 그곳에 있으니, 나머지 이황을 그곳으로 보낸다면 구효서를 막는 것이 가능할까?'

강호에는 서열이 존재했다.

누가 강하고 누가 약한가를 비교해서 만들어 둔 서열은 꽤 정확하다고 알려져 있었다.

그래서 책사들은 그 서열에 근거해서 병력을 운용했다.

하지만 강호의 서열만큼 부정확한 것도 없었다.

그 이유는 직접적인 비교가 아니라 상대적인 비교가 대부분이었기 때문이었다.

그리고 또 한 가지 이유는 싸움의 승패가 단지 무공의 고하로 결정되는 것도 아니었다.

그날의 몸 상태와 운, 그리고 바람의 방향 등등.

싸움의 승패는 이루 말할 수 없는 수많은 요인들로 인해 결정됐다.

그러니 무림맹의 장로 직책을 맡고 있는 삼황이 모두 나선다고 해서, 구효서를 포함한 마교의 수뇌부들을 감당할 수 있을지 확신할 수 없었다.

정확한 계산이 불가능한 상황.

그래서 미간을 찡그리고 있던 제갈후가 두 눈을 치켜떴다.

구묘령의 갑작스런 죽음과 위기에 처한 독고혜.

상황이 워낙 다급한 탓에 제갈후가 놓치고 있었던 것이 존재했다.

바로 그곳에 모습을 나타냈던 삼 인의 마교 장로들이었다.

당시에 용선 고서점에서 벌어진 현장의 정확한 상황은 아직 보고되지 않았다.

그래서 제갈후는 당연히 마교의 장로들 간에 알력 다툼에 의한 양패구상이 벌어졌을 거라 판단했다.

'과연 그랬을까?'

구혼독마가 갑자기 배신을 했다고 해도, 상대는 패권천

마와 파독장마였다.

구혼독마가 암습으로 구묘령을 없앴다고 하더라도, 패권천마와 파독장마가 그를 내버려 두었을 리 없었다.

그리고 구혼독마 혼자서 패권천마와 파독장마를 상대하기는 역부족이었다.

'권황 장훈?'

물론 변수는 있었다.

바로 그 장소에 있었던 장훈의 존재였다.

'만약 패권천마와 파독장마 중 일인이 장훈과 맞서 싸우는 상황이었다면?'

패권천마와 장훈의 대결이 벌어지는 사이, 구혼독마와 파독장마가 대결을 벌여 양패구상을 했다면 말이 됐다.

그러나 제갈후는 이내 고개를 흔들었다.

장훈은 강호에서 산전수전을 다 겪은 노고수였다.

장내의 상황이 급변했을 때, 어떤 식으로 처신해야 할지 모를 리가 없었다.

제갈후가 알고 있는 장훈은 현명했고, 그는 생사가 결정 날 때까지 싸움을 벌이는 대신 물러났으리라.

그리고 당시의 상황에 대해 설명할 수 있는 목격자를 남겨 두었으리라.

하지만 장훈의 선택은 달랐다.

이것이 의미하는 것은 하나.

또 다른 변수가 있었다는 뜻이었다.

"철무경!"

그 변수의 정체를 짐작한 제갈후가 한 자, 한 자 내뱉자, 술병을 기울이던 독고진의 입가로 희미한 미소가 머금어졌다.

"자네도 이제야 눈치챘군."

"역시 그가 맞습니까?"

"그렇네."

독고진이 순순히 수긍하는 것을 듣고서 제갈후가 참지 못하고 다시 물었다.

"대체 그가 누굽니까?"

＊　　　＊　　　＊

"대형은 대체 어떤 사람일까?"

철무경이란 이름 석 자.

한때 무림맹에 몸을 담았을 때 비영이라 불렸다는 것.

그리고 강호소사전담반을 이끌고 있다는 것.

그의 곁에서 꽤 오랜 시간을 함께 했음에도 불구하고, 담서인이 철무경에 대해 알고 있는 것은 이게 전부였다.

최근 들어 여러 가지 사건을 겪으면서 철무경과 더 가까워졌다고 생각했는데도, 여전히 알고 있는 것 극히 일부였다.

"천천히 조금씩 알아 가면 돼!"

예전에는 그렇게 생각했기에 느긋했다.

강호의 소사, 그러니까 강호인과 연관된 작고 소소한 사건들을 해결해 주는 것은 딱히 위험할 것이 없었다.

그래서 오랫동안 철무경의 곁에 있을 거라 믿었으니까.

하지만 이제는 상황이 완전히 달라졌다.

괴협 백리휴와 낭인제일도 벽두산.

이름값만으로도 심장을 떨리게 만들었던 두 고수들은 애교에 불과했다.

잔혹하기 그지없는 무시무시한 마교의 장로들마저 강호소사전담반으로 꾸역꾸역 찾아오는 판국이었다.

그러니 언제 천마 구효서가 이곳에 나타나서 모두의 목을 날려 버려도 이상하지 않은 상황이었다.

칼끝에 목숨이 달려 있는 게 강호인의 삶.

이 말이 지금처럼 절실하게 다가온 적이 없었다.

그래서 자꾸 마음이 급해졌다.

그리고 철무경에 대해 가장 잘 알고 있는 것은 누가 뭐래도…… 역시 철무경 본인이었다.

당연히 철무경을 직접 찾아가서 묻는 것이 가장 좋은 방법이었지만, 아쉽게도 그건 불가능했다.

"대체 어딜 간 거야?"

항상 방에 틀어박혀서 책만 읽고 있던 대형이었지만, 구묘령이 죽고 난 후 철무경은 갑자기 바빠졌다.

그리고 요즘은 대체 어디로 사라졌는지 코빼기도 볼 수 없었다.

"바람이라도 들었나?"

최선이 아니면 차선을 선택해야 했다.

그래서 담서인은 철무경과 함께 가장 긴 시간을 보낸 사람들을 찾아갔다.

임추량과 염노.

담서인은 철무경에 대해 묻기 위해서 우선 임추량을 찾아갔다.

쪼르륵.

독고혜에게 입은 실연의 상처가 아직 완전히 아물지 않아서일까?

혼자 술병을 기울이고 있는 임추량의 곁으로 다가가서 털썩 주저앉은 담서인이 술병을 빼앗았다.

"술 그만 마셔요."

"왜 그래?"

"강호가 위기에 처했잖아요. 그래서 말인데…… 대체 어떤 사람이죠?"

담서인이 다짜고짜 묻자, 임추량은 입술을 삐죽이며 대답했다.

"한때는 꽤나 촉망받던 강호의 후기지수였고, 노름꾼이었던 적도 있었고, 파락호였던 적도 있었지. 그러다가 대형의 꾐에 빠져 강호소사전담반이란 곳에 기어 들어왔고, 지금은 실연의 상처로 인해서 속병하며 아파하는 나이 많은 순정남 임추량이야. 어때? 아직도 궁금한 게 남았어?"

임추량의 자기소개는 아주 간결했다.

그리 길지 않은 설명 속에 임추량의 인생이 모두 녹아 들어가 있었다.

그러나 아쉽게도 담서인이 알고 싶은 것은 임추량의 구구절절한 인생이 아니라 철무경의 인생사였다.

"착각하고 있네요."

"뭘 말이냐?"

"내가 알고 싶은 것은 대형이에요."

"대형?"

"그래요."

임추량이 다시 술병을 빼앗아 수직으로 기울였지만, 쪼르륵거리며 몇 방울 떨어져 내리던 술 줄기는 점점 가늘어지다가 결국 술잔의 반도 채우지 못 하고 끊어졌다.

"뭐가 알고 싶은 거지?"

비어 버린 술병을 당연하다는 듯이 앞으로 내밀며 임추

량이 히죽 웃었다.

이미 이런 상황을 대비하고 있었던 담서인이 미리 준비해 온 새 술병을 건네자, 임추량의 표정이 눈에 띄게 밝아졌다.

"궁금한 게 있으면 뭐든지 물어봐. 내가 알고 있는 한도 내에서는 다 대답해 줄 테니까."

싸구려 화주 한 병의 효과는 컸다.

임추량은 간이라도 빼 줄 사람처럼 적극적으로 나섰다.

"대형의 과거!"

"대형의 과거? 여자관계를 알려 달라는 거냐? 그건 사생활과 관련된 문제라 대답해 주기가 곤란한데."

"지금 농담하는 거 아니거든요."

담서인이 딱 잘라 말하자, 임추량의 얼굴에서도 장난기가 사라졌다.

"정확히 어떤 과거가 궁금한 거지?"

"대형의 무공 수위."

"대형은 고수야."

"그 정도는 나도 알아요. 얼마나 고수죠?"

"어떻게 설명하면 될까?"

고민에 잠겼던 임추량이 한참만에야 다시 대답했다.

"예전에 대형이 무림맹에 몸을 담고 있을 때, 독고진이 마교의 함정에 빠진 적이 있었다. 마교가 자랑하는 천라지

망에 갇혔지. 모두가 독고진의 죽음을 예상했지만, 그는 무사히 두 발로 무림맹으로 걸어서 돌아왔다."

담서인이 답답한 표정을 지었다.

임추량은 이번에도 헛짚고 있었다.

그녀가 알고 싶은 것은 무림맹주인 독고진의 과거가 아니라 철무경의 과거였다.

그래서 비싼 술 얻어먹고 헛소리하지 말라고 소리치려 했던 담서인이 도중에 입을 다물었다.

"설마……?"

"맞다. 대형이 독고진을 구했다더군."

"어떻게요?"

"그건 나도 몰라."

"확실하긴 해요?"

"그 얘기를 할 때 대형이 술을 좀 마시긴 했었지. 그래도 없는 얘기를 떠벌릴 사람은 아니잖아."

이건 임추량의 말이 옳았다.

철무경은 없는 말을 지어낼 사람은 아니었다.

그렇다면…… 철무경이 개미 한 마리 지나갈 수 없다고 소문난 마교의 천라지망을 혈혈단신으로 뚫고 들어가서 구효서가 마련한 함정에 빠져 위기에 처한 무림맹주 독고진을 구해 왔다는 것이었다.

"그게 가능해요?"

쉽사리 믿기 어려웠다.

그래서 담서인이 재차 확인하듯 묻자, 임추량이 어깨를 으쓱했다.

"가능할걸?"

"어떻게요?"

"그야…… 대형이니까."

근거도 없고, 신뢰성도 없는 무책임한 대답.

그렇지만 담서인은 임추량에게 따질 수 없었다.

지금 이 대답을 꺼내고 있는 임추량의 두 눈에는 단 한 점의 의심도 깃들어 있지 않았다.

한 사람에 대한 절대적인 신뢰.

그 신뢰가 담서인에게까지 전해졌다.

"하나만 더 물을게요."

"뭐든지."

"그만큼 대단한 고수인 대형은 이런 곳에서 대체 뭘 하는 거죠?"

대형이 그렇게 대단한 고수라면…….

강호의 변두리에서 이런 한심한 짓거리를 할 게 아니라, 강호의 중심부에서 강호의 운명을 좌지우지 하는 중요한 자리에 끼어 있어야 하는 게 아니냐는 게 담서인이 진짜 묻고 싶은 것이었다.

그리고 말귀를 알아들었을까?

임추량은 대수롭지 않게 대꾸했다.

"너도 알잖아."

"네?"

"대형은…… 강호에 씨를 뿌리고 있어."

근묵자흑이라더니.

임추량도 어느새 씨 뿌리기 타령을 하고 있는 걸 보니, 그새 철무경에게 물든 것이 틀림없었다.

임추량에게서 더 얻어 낼 것이 없다고 판단한 담서인은 미련 없이 자리에서 일어나 염노를 찾아갔다.

염노라면 철무경에 대해서도 모르는 게 없을 것이라는 기대를 품은 채 찾아간 담서인은 다짜고짜 물었다.

"대형은 어떤 사람이죠?"

"무경이?"

"네, 대형요."

"무경이는…… 외로운 아이지."

염노의 대답을 들은 담서인이 한숨을 내쉬었다.

그리고 크게 기대하지 않길 잘했다고 생각했다.

"대형이 대체 왜 외로운데요?"

'내가 있잖아요.'

살짝 덧붙이고 싶은 부연설명을 간신히 삼킨 채 다시 묻자, 염노는 벽에 등을 기댄 채 대답했다.

"어려운 길을 찾아가고 있거든."

"어려운 길?"

"그래. 쉬운 길을 마다하고 무척 어려운 길을 걷고 있지."

"왜 그렇게 어려운 길을 걷는데요?"

"그게 무경이의 운명이니까."

쉽게 알아듣기 힘든 말이었다.

그래서 담서인이 한숨을 내쉬자, 염노가 슬쩍 물었다.

"구효서가 무서우냐?"

천마 구효서.

마교의 장로도 무서운 판국인데 하물며 천마야 얼마나 무서울까.

"당연히 무섭죠."

그래서 담서인이 고개를 끄덕이자, 염노는 고개를 흔들었다.

"구효서는 아무것도 아냐."

천마가 아무것도 아니라니.

십만 마교도가 들으면 일제히 마기를 쏟아 내며 염노에게 찾아와 시체도 찾기 힘들 정도로 난도질을 하리라.

하지만 염노는 당당했다.

"더 무서운 사람이 있지."

"누군데요?"

"독고진."

"무림맹주 독고진? 독고진이 구효서보다 더 무섭다고요?"

"그래."

"왜요?"

"야망이 큰 놈이거든."

"그러니까 무림맹주까지 올랐겠죠."

"속도 아주 음흉한 놈이야."

나랏님도 앞에 없으면 욕을 하는 게 사람들의 습성이니, 염노가 독고진을 놈이라 불러도 문제가 될 일은 없었다.

그리고 욕 좀 해도 상관없었다.

어차피 듣는 사람도 없었으니까.

하지만 염노의 이야기는 아직 끝이 아니었다.

"그런데 진짜 무서운 사람은 따로 있지."

천마 구효서와 무림맹주 독고진.

작금의 강호에 이 두 사람보다 더 무서운 사람이 또 누가 있을까?

도무지 이해가 가지 않아 빤히 바라보던 담서인이 물었다.

"천마보다 무서운 게 누군데요?"

"너도 알고 있는 사람이다."

"내가 알고 있는 사람?"

"그래. 바로 무경이다."

"……?"

"화가 난 무경이는 진짜 무섭거든."

"아, 물론 그렇겠죠."

담서인이 입맛을 쩝쩝 다셨다.

요즘 들어 염노의 상태가 비교적 양호한 바람에 깜박 잊고 있었다.

염노가 제정신이 아니라는 사실을.

아까운 시간만 쓸데없이 낭비했다는 생각에 한숨을 토해내던 담서인이 추향묘가 보이지 않는다는 사실을 퍼뜩 깨닫고 물었다.

"그런데 우리 영물 고양이는 어디 갔어요?"

"무경이가 빌려 갔다."

"대형이 빌려 가요?"

"그래."

"왜요?"

철무경이 추향묘를 빌려서 대체 어디로 간 걸까?

담서인이 고개를 갸웃거리는 사이, 염노가 대답했다.

"꼭 만나야 할 사람이 있는데, 그 사람을 찾기 위해서는 추향묘가 꼭 필요하다더구나."

"그게 누군데요?"

"나도 자세히는 몰라. 그저 짐작만 할 뿐이지."

철무경이 만나려는 사람이 대체 누군지 궁금했다.

그래서 염노에게 좀 더 자세히 캐물으려던 담서인이 도중에 입을 다물었다.

딸랑.

얼마 전 간신히 폐업 위기를 넘긴 용선 고서점으로 손님이 찾아왔기 때문이었다.

"어서 옵쇼!"

당장 내일 강호가 멸망하더라도, 먹고는 살아야 했다.

그래서 영업용 미소를 지은 채 달려간 담서인이 그 자리에 얼어붙었다.

막 용선 고서점으로 들어선 사내가 내뿜은 살기가 담서인을 꼼짝달싹하지 못하게 만들었기 때문이었다.

달달달.

주체할 수 없이 무릎이 떨렸다.

그래서 난간을 붙잡아서 간신히 주저앉을 뻔한 것을 면한 담서인이 떨리는 목소리로 물었다.

"어떻게…… 오셨어요?"

그리고 사내는 지체하지 않고 대답했다.

"난 구효서다!"

"구…… 효서?"

담서인이 더듬거리며 그 이름을 되뇌자, 사내가 설명하듯 덧붙였다.

"사람들은 날 천마라 부르지."

4장

닮았네요

석우민이 침상에서 천천히 몸을 일으켰다.

간만에 푹 잔 덕분인지 몸이 개운했다.

아무것도 걸치지 않은 상체로 차가운 공기가 와 닿았다.

이불을 끌어당긴 석우민이 곁에 누워 있는 전라의 여인
의 머리를 쓸어 넘긴 후, 이불을 덮어 주었다.

"흐으음."

뜨거웠던 밤의 여운이 아직 남아서일까.

기분 좋은 미소를 지은 채 이불 속으로 파고드는 여인을
물끄러미 내려다보던 석우민이 조심스럽게 침상을 빠져나
왔다.

"그때가 좋았어."

대충 옷을 걸친 채 눈이 쌓인 창밖을 향해 시선을 던지고 있던 석우민이 쓴웃음을 머금었다.

처음 손에 검을 쥔 지 벌써 십 년이 훌쩍 흘러 있었다.

강호인으로 살아온 지난 십여 년.

그럭저럭 만족스러운 삶이었다.

석우민이란 이름 대신 칠검이란 이름이 더 익숙해졌지만, 그래서 석우민이라는 이름을 기억해 주는 사람은 강호에 거의 없었지만, 석우민은 나름대로 만족하고 행복했다.

내가 하는 일은 보람찬 일이다.

내가 하는 일이 엉망으로 변해 버린 강호를 바로잡을 것이다.

그 신념 하나면 충분했다.

그리고 그 신념이 석우민을 지탱해 온 원동력이었다.

그러나 지금은 모든 것이 엉망으로 변해 버렸다.

그 이유는 신념에 금이 갔기 때문이었다.

그리고 신념에 금이 간 계기는 바로 철무경이었다.

'내가 하는 것이 과연 옳은 일일까?'

천검을 철석같이 믿었다.

그러나 천검에 대한 믿음이 무너지자, 그래서 신념에 금이 가니 아무것도 남아 있지 않은 인생이었다.

아니, 딱 하나는 남았다.

사랑하는 여인.

원래 그녀의 이름은 소만옥이었다.

하지만 이제는 그녀도 본래의 이름을 잃어버렸다.

사검이란 이름이 더 익숙해져 버렸다.

그리고 소만옥이라는 이름을 지우고 그녀를 사검으로 살게 만든 것은 바로 석우민 본인이었다.

"미안해."

석우민은 진심을 담아 사과했다.

그 말을 들었을까?

부스럭.

나신을 보이는 것이 부끄러운 듯 이불 속에 숨어 있던 사검이 반대편으로 돌아눕는 기척이 느껴졌다.

다시 그녀가 보고 싶어졌다.

그래서 고개를 돌리려고 했지만, 석우민은 그럴 수 없었다.

"돌아보지 마."

"왜 돌아보면 안 되는 건데?"

"아직 아무것도 안 걸쳤단 말이야."

"어제 실컷 봤는데."

"음흉해. 그래도 싫어."

석우민이 고개를 돌려서 사랑스러운 그녀의 나신을 보고 싶은 맘을 꾹 눌러 참고 창밖을 응시할 때였다.

뽀드득. 뽀드득.

석우민이 침상 곁에 세워 두웠던 검을 향해 손을 뻗었다.

새하얀 눈으로 덮인 산중에는 아무도 보이지 않았다.

그러나 내력을 끌어 올린 석우민의 예민한 귀에는 소복하게 쌓인 눈을 밟는 누군가의 발소리가 분명히 들렸다.

'둘이군.'

침입자들은 굳이 기척을 감추려 들지 않았다.

그 덕분에 침입자가 둘이라는 사실을 깨달은 석우민이 담담한 목소리로 입을 열었다.

"서둘러야겠어."

"왜? 배고파?"

"손님이 찾아왔어. 그래도 손님을 맞이하는데 옷은 갖춰 입고 있어야지."

샤라락.

이불이 젖혀지고 사검이 몸을 일으키는 소리가 들렸다.

어쩌면 이게 그녀의 나신을 볼 수 있는 마지막 기회일지도 모른다는 생각이 들자, 석우민은 고개를 돌려 지켜보고 싶은 욕구가 무럭무럭 일었다.

그러나 석우민은 고개를 돌리는 대신, 불청객의 정체를 파악하는 데 애를 썼다.

"이른 아침부터 찾아오다니 정말 몰상식한 손님이네."

"삼검과 육검이니까."

"삼검과 육검? 하긴 그 사람들에게 교양을 기대하긴 어렵지."

"그래."

"아쉽네."

"뭐가?"

"딱 한 번만 더 사랑을 나누고 싶었는데."

어느새 옷을 모두 갖춰 입은 사검이 곁으로 다가왔다.

그리고 잠시 뒤, 석우민의 등에 따스함이 느껴졌다.

등뒤에서 끌어안고 있는 사검을 돌아보는 대신, 여전히 창밖으로 시선을 던진 채 석우민이 입을 열었다.

"미안해."

"뭐가?"

"전부!"

"더 일찍 일어나서 안아 주지 않은 게 미안한 거구나?"

"당신을 이번 일에 끌어들여서 미안해."

"괜찮아."

석우민은 진심으로 사과했다.

그러나 사검은 대수롭지 않게 대꾸하며 등을 안고 있던 양팔에 힘을 더했다.

"알고 있었어."

"뭘?"

"후회할 거라는 것."

"그런데 왜 함께했어?"

"난 천검을 한 번도 믿지 않았어."

이건 뜻밖의 이야기였다.

사검이 이번 일에 끼어든 것도 천검을 믿었기 때문이라 판단했는데.

그 판단이 빗나갔다.

"그런데 왜 이번 일에 끼어든 거야?"

"당신을 믿었기 때문이지."

"내가 당신을 망쳤어."

"아니."

"……?"

"내가 당신을 선택한 거야."

단 한 치의 망설임도 없는 사검의 대답을 들은 석우민이 쓰게 웃었다.

왜 이제야 깨달았을까?

신념을 더없이 단단하다고 믿었다.

하지만 그건 착각에 불과했다.

바위처럼 단단하다고 믿었던 신념은 아주 작은 충격도 견디지 못하고 깨어져 버리는 동경처럼 너무 쉽게 금이 갔다.

정말 단단한 것은 따로 있었다.

사랑.

간신히 그 사실을 깨달았지만, 너무 늦은 깨달음이었다.

지금 이곳을 향해 다가오고 있는 삼검과 육검은 자신과 사검을 절대 살려 두지 않으리라.

같은 편일 때의 천검은 세상 누구보다 든든하고 다정하지만, 다른 편이 된 천검은 누구보다 냉정한 사람이었으니까.

"우린 죽을 거야."

"알아!"

"그래도 후회하지 않아?"

"당신과 한날한시에 죽는 것도 나쁘지 않겠네."

"미안해."

"자꾸 미안하단 말 하지 마."

"……."

"그냥 죽을 거야?"

"어떻게 할까?"

"쥐도 궁지에 몰리면 고양이를 무는 법이잖아."

"의미가 있을까?"

"세상에 의미 없는 일은 없어."

사검의 말로 인해서 석우민은 결심했다.

순순히 목을 내어 주지 않기로.

그리고 그때, 둘만의 공간이었던 산장의 문이 열리고 불청객인 삼검과 육검이 안으로 들어왔다.

삼검은 체구가 자그마했다.

얼마나 작으냐면 눈가의 주름과 턱 밑에 자란 거무스름한 수염만 아니라면 아이라고 해도 믿을 정도였다.

반면 육검은 거구였다.

머리카락이 한 올도 없는 민머리인 육검은 석우민이 한참 올려다봐야 할 정도로 키가 컸다.

둘이 나란히 서 있으니 마치 산보를 나온 다정한 부자처럼 보였다.

그러나 석우민은 검병을 움켜쥔 손에 힘을 더했다.

석우민은 이 두 사람의 무서움에 대해 누구보다 잘 알았다.

그리고 이들이 이곳까지 찾아온 이유도 짐작하고 있었다.

"좋았나?"

삼검이 가느다란 목소리로 물었다.

아이처럼 귀여운 외모였지만, 사검을 바라보는 삼검의 두 눈에는 감출 수 없는 욕정이 일렁이고 있었다.

그 더러운 욕정을 확인한 석우민이 검병을 쥔 손에 힘을 더했다.

그리고 막 뛰쳐나가려고 했지만, 사검의 대응이 조금 더 빨랐다.

"왜? 하고 싶어?"

"낄낄, 좋지. 예전부터 네년을 볼 때마다 아랫도리가 욱

씬 거렸거든. 죽기 전에 몸보시나 하고 가!"

"어지간히 하고 싶은가 보네. 몸보시도 좋은데 하나만 물어보자."

"뭐지?"

"작지?"

"뭐?"

"애처럼 그것도 작을 거 같은데. 제대로 서기나 해?"

"지금 무슨 헛소리를……."

"하긴 확인하기도 힘들었겠다. 그 얼굴로 제대로 여자나 만나 봤을까?"

"이 썩을 년이!"

"왜 정곡을 찔리니까 화나?"

삼검의 얼굴이 붉게 달아올랐다.

그러나 삼검은 산전수전을 다 겪은 노고수답게 이내 흥분을 가라앉혔다.

"왜 그랬지?"

삼검이 다시 가느다란 목소리로 물었다.

"뭘 말하는 거지?"

"진짜 이해가 안 돼서 묻는 거야. 대체 왜 변절했지?"

이 질문을 던지는 삼검의 표정은 진지했다.

그는 정말로 이해가 가지 않는다는 표정을 짓고 있었다.

삼검의 의문을 풀어 주기 위해서 석우민이 고심 끝에 입을 열었다.

"신념이 무너졌어."

"대체 왜?"

"그와 함께 가는 길이 옳은 길이라는 확신이 사라졌기 때문이지."

삼검이 고개를 갸웃거렸다.

꽤나 친절하게 설명해 주었지만 삼검은 전혀 이해한 기색이 아니었다.

'어떻게 설명해 줄까?'

잠시 고민에 잠겼던 석우민이 짤막한 한숨을 내쉬었다.

신념이란 무섭다.

그 이유는 이 길이 옳다는 확신을 가지면 다른 어떤 것도 보이지 않고 어떤 얘기도 들리지 않기 때문이다.

나는 무조건 옳고, 나와 다른 선택을 한 사람은 모두 틀리다.

머릿속이 오직 이분법으로 나뉘어져 있기 때문에 신념이 흔들리기 전에는 누구의 말도 귀에 들어오지 않는 법이었다.

석우민은 그것을 잘 알고 있었다.

불과 얼마 전까지 자신도 눈앞의 삼검이나 육검과 같았기 때문이었다.

"두 사람이 여길 찾아온 게 그 증거야."

석우민이 고심 끝에 입을 열었다.

"우리가 찾아온 게 증거라고?"

"맞아."

"우리가 여길 찾아온 건 당연한 거야. 너와 저 멍청한 년은 신념을 버리고 변절을 했으니까."

"그래서 죽여야 한다?"

"당연하지."

"정말 당연한 걸까?"

뜻밖의 질문이었던 탓일까?

삼검이 시원하게 대답하지 못하고 잠시 멈칫거렸다.

그리고 삼검을 대신해서 육검이 나섰다.

"무슨 헛소리를 지껄이는 거야?"

"잘 들어. 천검이 말하는 옳은 세상이 어떤 것이었지?"

"대립과 분쟁이 없는 세상이지."

"잘 알고 있군. 그런데 이런 식으로 그가 바라는 세상이 가능할까? 변절했다는 이유로 수하를 죽이는데?"

"당연히 가능하지."

"어떻게?"

"힘으로 찍어 누르면 돼."

힘주어 대답하는 육검의 두 눈에는 단 한 점의 의심도 깃들어 있지 않았다.

그 눈빛을 확인한 순간, 석우민은 지금 자신이 무슨 말을

한다고 하더라도 삼검과 육검을 설득할 수 없다는 사실을
깨달았다.

하지만 기왕지사 내친 걸음이었다.

그래서 석우민이 덧붙였다.

"대체 언제까지 힘으로 찍어 누른다는 거지?"

"그야 틀린 놈들이 모두 사라질 때까지지."

"틀렸어."

"뭐가 틀렸다는 거지?"

"틀린 게 아니라 다른 거야."

"……."

"생각이 다르다고 해서 모두 힘으로 찍어 누르는 것이
대체 언제까지 가능할 거라고 생각하지?"

석우민의 목소리가 격앙되자, 삼검과 육검이 입을 다물
었다.

'혹시 생각이 바뀐 걸까?'

그들의 모습을 확인하고 석우민이 혹시나 하는 기대를
품은 순간, 삼검이 씩 웃으며 입을 열었다.

"확실하네."

"……?"

"변절한 것이."

"결국 쓸데없는 말을 한 셈이로군."

"쓸데없는 말은 아니었어. 이 대화 덕분에 널 죽여야겠

다는 생각이 더 확실해졌으니까. 그나마 남아 있던 정마저 끊어 낼 수 있었지."

삼검이 독문병기인 단검을 들어 올려 입가로 가져갔다.

혀를 날름거리며 검신을 핥고 있는 삼검을 응시하고 있을 때, 사검이 곁으로 다가와 손을 잡았다.

"누굴 맡을 거야?"

"당신이 선택해."

"난 육검을 맡을게."

"왜 삼검이 아니라 육검이야?"

"삼검은 체구가 너무 작아서 꼭 자식 같이 느껴져. 그래서 죽일 기회가 오더라도 망설일 것 같아서."

사검의 말이 끝나기 무섭게, 삼검의 콧김이 거칠어졌다.

"썩을 년!"

삼검이 거친 말을 내뱉었지만, 사검은 눈도 꿈쩍하지 않고 조곤조곤 말했다.

"가끔씩 그런 생각을 했어."

"어떤 생각?"

"당신의 아이를 낳는 생각."

"그런데?"

"만약에 우리 아이가 태어났을 때, 삼검만은 절대 닮지 않길 바랐거든. 당신 생각은 어때?"

"나도 마찬가지야."

사검과 얼굴을 맞댄 채 대화를 나누던 석우민의 입가로 희미한 웃음이 머금어졌다.

비록 찾아오지 못할 미래일 가능성이 높았지만, 그래도 이렇게나마 대화를 나누는 것만으로도 좋았기 때문이었다.

사검과 함께 아침을 맞고, 식탁 앞에 마주 앉아서 밥을 먹고, 둘을 반씩 빼닮은 아이를 낳아서 키우는 생각.

하지만 삼검은 이 대화가 그다지 유쾌하지 않은 듯 보였다.

"넌 내가 책임지고 명줄을 끊어 주마."

삼검의 얼굴이 시뻘겋게 달아올랐다.

그리고 단도를 들어 올린 채 살기를 내뿜는 것을 지켜보던 사검이 피식 웃으며 덧붙였다.

"삼검은 내가 상대해야겠네."

"그래야겠군."

"만약에…… 이건 진짜 만약인데…….."

"너무 어려워하지 말고 말해."

"우리가 여기서 죽더라도…… 난 당신을 원망하지 않아."

"고마워."

"부탁이 하나 있어."

"뭐야?"

"나보다 먼저 죽지 마."

사검이 입가에 미소를 머금은 채 당부했다.

희미하게 고개를 끄덕인 석우민이 검을 들어 올리며 이제부터 상대해야 할 육검의 손에 들린 거대한 도끼를 살폈다.

벽력대부라 불리는 도끼!

육검은 강했다.

저 벽력대부에 실린 그의 무지막지한 괴력을 감당할 자신이 없었다.

그러나 석우민은 움츠러드는 대신 어깨를 폈다.

사검, 아니, 소만옥과 약속을 했다.

먼저 죽지 않기로.

그 약속을 지킬 자신은 없지만, 석우민은 적어도 최선을 다하기로 결심하고 먼저 파고들었다.

콰르릉.

벽력대부가 허공을 갈랐다.

뇌전이 꽂히는 소리와 함께 벽력대부가 박힌 벽이 갈라졌다.

석우민이 간발의 차이로 피해 낸 벽력대부는 벽에 꽂힌 걸로 모자라, 균열까지 만들어 냈다.

아마 이대로 두어 번만 더 충격을 받으면 모옥의 벽이 견디지 못하고 무너지리라.

하지만 지금은 모옥의 걱정까지 할 여유가 없었다.

'정면으로 부딪히기에는 역부족이야!'

석우민이 이를 악문 채 눈살을 찌푸렸다.

호기롭게 부딪혔던 일 합 후, 석우민은 뼈 져린 후회를 했다.

벽력대부와 검이 부딪힌 순간, 벽력대부에 실린 힘을 견디지 못하고 팔이 뜻대로 움직이지 않았다.

골절!

자세히 살필 여유가 없었지만, 뼈와 근육에 동시에 상했다는 것을 직감할 수 있었다.

그리고 그 일 합 이후, 석우민은 일방적으로 밀렸다.

간간히 공세를 취하긴 했지만, 제대로 위협을 주지는 못했다.

그저 육검의 공세를 조금 늦추기 위한 임시방편일 뿐이었다.

"슬슬 끝내자고."

누구한테 하는 얘길까?

여유롭게 어깨에 걸친 벽력대부를 흔들며 육검이 꺼낸 이야기는 석우민에게 던진 말이 아니었다.

사검을 상대하고 있는 삼검에게 건넨 말이었다.

"서두를 필요 있나? 칠검부터 끝내라고."

"왜?"

"그냥 죽이기는 아깝잖아."

음심이 가득한 삼검의 가느다란 목소리를 들은 석우민이 더 참지 못하고 재빨리 고개를 돌렸다.

그리고 삼검의 말은 거짓이 아니었다.

"만옥!"

사검이 입고 있던 백의의 앞섶은 붉게 물들어 있었다.

아직 독문병기인 연검을 손에서 놓치진 않았지만, 중심을 잡지 못하고 비틀거리는 사검의 상태로 보아 승부는 거의 끝난 것이나 마찬가지였다.

"아직…… 괜찮아!"

석우민의 외침을 들었을까?

사검이 억지로 웃으며 힘겹게 말했지만, 전혀 위로가 되지 않았다.

"조금만…… 조금만 기다려."

그녀가 이대로 죽도록 내버려 둘 수는 없었다.

그래서 석우민이 지체하지 않고 신형을 날릴 때였다.

콰릉!

다시 한 번 뇌전이 꽂히는 소리와 함께 눈앞으로 벽력대부가 다가왔다.

정면승부는 무리였으니 일단 피해야 했다.

하지만 그럴 시간이 없었다.

삼검의 오른손에 들린 단검이 사검의 목을 향해 파고들

고 있는 것이 석우민의 눈에 들어왔다.

쩌엉.

석우민이 더 생각할 겨를도 없이 검을 휘둘러 벽력대부와 부딪혔다.

그 순간, 오른팔의 감각이 사라졌다.

하지만 잠시 휘청이던 석우민은 그대로 사검을 향해 다가갔다.

챙그랑.

검이 손에서 떨어졌다.

하지만 석우민은 도중에 멈추지 않고 그대로 달려가서 사검을 감싸 안았다.

그리고 얼마나 지났을까?

삼검의 손에 들린 단검이 등을 향해 파고들 거라 예상했지만, 이상하게 통증이 느껴지지 않았다.

야오옹.

대신 이 상황과 전혀 어울리지 않는 앙증맞은 고양이의 울음소리가 귓가에 와 닿았다.

"당신…… 괜찮아?"

"감동적이네. 당신이 날 위해 목숨을 내던질 정도로 날 사랑한다는 걸 확인했으니 이제 죽어도 여한이 없어."

"농담하는 거 아냐."

"나도 농담 아닌데."

"진짜 괜찮아?"

"응, 괜찮아."

희미하게 고개를 끄덕이는 사검의 입가에 웃음이 매달린 것을 확인하고서야 석우민은 비로소 긴장이 풀렸다.

그제야 천천히 고개를 돌린 석우민의 표정이 굳어졌다.

아까까지만 해도 기세가 등등하던 삼검과 육검은 없었다.

그들은 모두 피를 흘리며 바닥에 쓰러져 있었다.

그리고 삼검과 육검 대신에 한 사내가 팔짱을 낀 채 서 있었다.

삼검과 육검이 어떻게 쓰러졌는가는 중요치 않았다.

지금 이곳에 나타난 사내가 중요했다.

"당신은……?"

"그새 날 또 잊었나?"

석우민이 힘껏 고개를 흔들었다.

비영이라 불렸던 사내.

그리고 철무경이란 이름을 가진 사내.

이자를 어찌 잊을까?

철무경으로 인해 신념이 무너졌다.

그리고 그로 인해 변절자로 낙인찍혔다.

어디 그뿐인가?

두 번이나 죽을 위기에서 구해 주었다.

또 자신의 목숨보다 더 소중한 여인인 사검의 목숨을 구해 준 것도 바로 철무경이었다.

아마 평생 그를 잊지 못하리라.

"그 정도로 기억력이 나쁘진 않소."

"다행이군."

팔짱을 낀 채 희미하게 웃고 있는 철무경을 지켜보던 석우민이 천천히 몸을 일으키며 입을 열었다.

"고맙소."

"자넨 진짜 운이 좋군."

"……."

"이 녀석 덕분에 늦지 않았어."

야오옹.

새하얀 털을 가진 고양이가 기고만장한 표정을 지은 채 하품을 했다.

이미 낯이 익은 추향묘를 힐끗 살핀 석우민이 입을 열었다.

"고맙다."

야아옹.

신경쓰지 말라는 듯 하품을 하는 추향묘를 바라보던 석우민이 물었다.

"여긴 무슨 일로 찾아왔소?"

"자네를 만나야 할 용건이 있어서."

담담한 철무경의 목소리를 듣는 순간, 석우민이 다시 긴장의 끈을 조였다.

늑대를 피하니 호랑이를 만난다 했던가?

철무경은 아직 석우민이 천검의 곁을 떠났다는 사실을 몰랐다.

그런 그가 자신을 찾아온 용건이 대체 무엇일까?

아무리 생각해 봐도 하나밖에 없었다.

"날 죽이러 왔소?"

삼검과 육검이라는 늑대조차도 감당하지 못했다.

그런데 철무경이란 호랑이를 어찌 감당할 수 있을까?

그래서 석우민이 쓰게 웃으며 묻자, 철무경은 고개를 흔들었다.

"죽일 생각이었으면 끼어들지도 않았어."

"그럼?"

"하나만 알려 주면 돼."

"뭘 알려 달라는 거요?"

"천검의 은신처."

석우민이 두 눈을 가늘게 떴다.

천검의 은신처를 몰라서가 아니었다.

지금 철무경이 던진 말에 담긴 진의를 파악하기 위함이었다.

"정말 그것뿐이오?"

"그래."

"그것만 알려 주면 나를, 그리고 이 여자를 죽이지 않을 것이오?"

"그렇다니까."

"정말이오?"

"의심도 많군."

"하지만…… 우린 당신과 반대편에 섰던 사람들이오."

"그런데?"

"……?"

"반대편에 서 있었다고 해서 모두 죽여야 하나?"

철무경의 반문에 오히려 석우민의 말문이 막혔다.

"사람은 변하는 법이야."

"……."

"그것만 알려 주고 둘이서 떠나."

"고맙소."

달리 할 말을 찾기 힘들었다.

석우민이 간신히 꺼낸 말은 고맙다는 인사가 고작이었다.

"가자!"

석우민이 부상을 입은 사검을 향해 손을 내밀었다.

부끄러운 듯 그 손을 조심스레 잡았던 사검이 발걸음을 옮기지 않고 철무경을 물끄러미 바라보았다.

"왜 그렇게 보는 거지?"

"늘 궁금했어요. 당신이 어떤 사람인지."

"나에 대해서 알고 있나?"

"천검에게서 당신의 이야기를 많이 들었거든요."

천천히 고개를 끄덕이던 철무경이 물었다.

"직접 보니 어떤 것 같아?"

"닮았네요."

"닮았다?"

사검의 대답을 들은 철무경이 흥미를 드러냈다.

"왜 그렇게 생각했지?"

"나도 모르겠어요. 세상을 바라보는 시선도, 나아가려는 길도, 심지어 얼굴 생김새도 전혀 다른데, 분명히 닮았어요."

"……."

"딱 한 가지만 충고하죠. 천검은 위험한 사람이에요."

사검의 충고를 들은 철무경이 가벼이 흘려듣지 않고 신중하게 고개를 끄덕였다.

그리고 석우민을 향해 말했다.

"자네가 부럽군."

"뭐가 말입니까?"

"현명한 여자를 만났으니까."

석우민이 구김살 없이 환하게 웃었다.

철무경의 칭찬이 마음에 들었다.

소만옥은 현명했고, 분명히 자신에게 과분한 여자였으니까.

"그리고 모든 걸 버리고 미련 없이 떠날 수 있다는 게 부럽군."

왜일까?

석우민은 마지막으로 그 말을 덧붙이고 있는 철무경의 표정이 무척 쓸쓸하다는 느낌을 받았다.

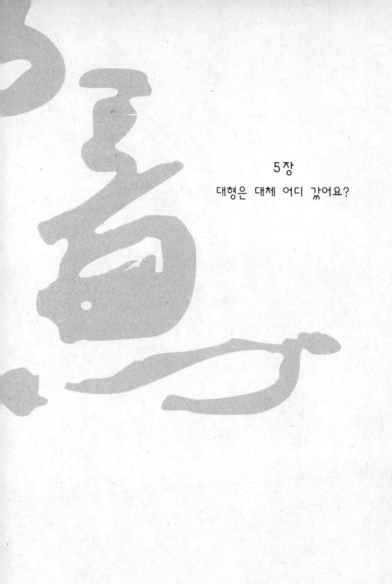

5장
대형은 대체 어디 갔어요?

쿵쾅쿵쾅.

심장이 터질 것처럼 거칠게 뛰었다.

어쩌다 보니 강호소사전담반에 합류해서 산전수전에 공중전까지 겪으면서 워낙 놀랄 만한 일을 많이 접했다.

그래서 심장이 어지간히 단련됐다고 생각했는데.

구효서와 직접 마주하고 나자 지금껏 단련한 심장은 아무 소용도 없었다.

천마 구효서가 누군가?

모든 강호인들에게 공포의 대상이 아닌가?

구효서가 한 일은 아무것도 없었다.

그저 용선 고서점의 문을 열고 천천히 들어와서 자신이

바로 천마 구효서라고 밝힌 것이 전부였다.

하지만 그걸로 충분했다.

담서인은 구효서가 진짜 천마가 맞는지 눈곱만큼도 의심하지 않았다.

그 이유는 구효서에게서 풍기는 기도가 워낙 압도적이었기 때문이었다.

그래서 순식간에 온몸이 땀으로 흠뻑 젖었다.

'어쩌지?'

담서인이 필사적으로 머리를 굴렸다.

'검을 빼 들고 천마를 상대할까? 미친년, 지금 무슨 생각을 하는 거야? 그새 간덩이가 부었네, 부었어. 괜히 검을 빼 들었다가 싸우자는 뜻으로 알아듣고 확 덤벼들면 대체 어쩔 건데?'

구효서가 혹시 오해를 할지도 모른다는 생각이 든 담서인이 검병에 살짝 닿았던 손을 황급히 뗐다.

'바쁘신 분이 왜 여기까지 왔냐고 조심스럽게 물어볼까? 그러려면 얼굴을 봐야겠지? 아서라. 그러다가 눈이라도 딱 마주치면 어쩔 거야? 그리고 눈빛이 마음에 안 든다고 확 죽여 버리면 어쩔 건데?'

슬그머니 쳐들었던 머리를 황급히 숙이려 했지만, 조금 늦었다.

하필이면 자신을 바라보고 있던 구효서와 시선이 딱 마

주쳐 버렸다.

"헤헤헤."

어떻게 반응해야 할지 난감했다.

그래서 담서인이 실없이 웃고 있을 때, 구효서가 물었다.

"네놈이냐?"

앞뒤 다 잘라 버리고 불쑥 꺼낸 말이라 제대로 알아듣기 힘들었다.

아니, 어쩌면 천마 구효서의 앞이라 너무 긴장한 탓에 말귀를 알아듣지 못한 걸 수도 있었다.

어쨌든 잘못된 것은 바로잡아야 했다.

그래서 담서인이 힘주어 대답했다.

"놈이 아니라 년인데요."

"지금 나하고 장난치자는 것이냐?"

구효서가 살짝 언성을 높였다.

당장이라도 일 장을 날릴 것 같아서 무서웠지만, 담서인도 막무가내로 쏘아붙이는 구효서에게 슬슬 부아가 치밀기 시작했다.

그래서 기죽지 않고 대답했다.

"그런 게 아니라…… 진짜 년이거든요. 그리고 갑자기 네놈이냐고 물으면, 아니, 네년이냐고 물으면 제가 어떻게 알아듣겠어요? 그러니까 진짜 묻고 싶으신 게 뭔데요?"

아, 너무 흥분했다.

황당하다는 표정을 짓고 있던 구효서의 얼굴이 서서히 일그러지는 것을 보며 담서인이 잠시 흥분했던 것을 후회할 때였다.

"내 딸을 죽인 게 네놈, 아니, 네년이냐?"

"아, 그걸 물으신 거구나."

"……."

"그야 물론 아니죠."

담서인이 펄쩍 뛰며 손사래까지 치면서 부인했다.

그리고 언젠가 이런 날이 찾아올 것을 대비해서 미리 준비해 두었던 말을 재빨리 꺼내 놓기 시작했다.

"아버님!"

"아버님?"

"아버님이 잘 모르셔서 그렇지 묘령이와 제가 아주 친했거든요."

사실 그리 친한 것은 아니었다.

서로 필요에 의해서 이용하고 이용당하는 사이였으니까.

하지만 구묘령이 이미 세상에 없으니 증명해 줄 사람 따위는 없었고, 담서인은 거리낌 없이 덧붙였다.

"어느 정도로 친했느냐면 같이 차도 마시고, 밥도 먹고, 술도 마셨죠. 그뿐인가? 같은 남자를 좋아했던 연적이기도…… 아, 이건 아니고. 어쨌든 진짜 친했어요. 그런데 제가 왜 묘령이를 죽였겠어요?"

담서인이 열변을 토해 내는 것을 마쳤다.

다행히 구효서는 별 의심 없이 순순히 믿는 기색이었다.

"그럼 누가 내 딸을 죽였지?"

"얍실하게 생긴 늙은이였어요."

"……?"

"피부는 까무잡잡하고, 하관이 길고, 광대뼈가 툭 튀어나와서 꼭 변태처럼 생긴 노인이 묘령이를 죽였어요. 제가 두 눈으로 직접 봤다니까요. 그러니까 그 노인이 누구더라? 내가 별호를 들었었는데…….."

너무 긴장한 탓일까?

담서인이 하필 떠오르지 않는 별호 때문에 괴로워할 때, 곁에 서 있던 염노가 기회를 놓치지 않고 슬쩍 끼어들었다.

"구혼독마!"

"아, 맞다. 구혼독마라고 그랬다."

적재적소에 끼어든 염노의 어깨를 과장되게 치며 담서인이 웃었다.

"구혼독마라고?"

그러나 아쉽게도 이번에는 구효서가 그다지 믿는 기색이 아니었다.

그래서 담서인이 재빨리 부연 설명을 덧붙였다.

"믿기 힘드시겠지만 사실이랍니다. 이분이 누군지 모르시죠? 얼핏 보기에는 정신 나간 늙은이처럼 보이시겠지만, 사람 보는 눈 하나만큼은 진짜 정확하다니까요. 강호에 흔해 빠진 삼류 무인들의 얼굴조차 전부 다 알아보는데, 구혼독마 같은 절정 고수를 몰라볼 리가 없다니까요."

평소에는 정신 나간 늙은이라고 구박을 일삼았던 염노였지만, 구효서의 앞이라 그 말은 쏙 뺐다.

담서인이 한껏 추켜세우자, 염노가 어깨를 쫙 폈다.

하지만 아쉽게도 구효서는 염노를 인정해 주지 않았다.

"난 못 믿겠다."

"진짜인데."

"구혼독마가 그랬을 리가 없다."

구효서는 딱 잘라 말했고, 담서인은 답답한 표정을 지었다.

직접 눈으로 본 것을 말해 줘도 믿지 않으니 달리 방법이 없었다.

그래서 한숨을 내쉬고 있을 때, 조용히 서 있던 권황 장훈이 앞으로 나섰다.

"저 아이의 말이 사실이오."

장훈이 끼어들어서 담서인의 말에 힘을 실어 주었지만, 오히려 구효서의 노기만 더욱 불러일으켰다.

"지금 나에게 그 말을 믿으라는 건가?"

"믿기 힘든 건 알고 있소만…… 그게 사실이오."

"믿을 수 없네."

"권황이란 내 이름을 걸고 맹세할 수 있소."

"흥, 지금 나에게 무림맹 장로의 말을 순순히 믿으라는 건가?"

장훈이 권황이라는 별호와 자신의 이름까지 걸고 말했지만, 구효서는 그가 무림맹에 속한 인물이란 이유 때문에 전혀 믿지 않았다.

'나라도 안 믿겠네!'

담서인이 길게 한숨을 토해 냈다.

만약 입장을 바꿔서 자신이 구효서라고 해도 저 말을 순순히 믿기는 힘드리라.

'어떻게 믿게 만들지……?'

마땅한 방법을 찾기 힘들었다.

그래서 담서인이 고민에 잠겼을 때, 임추량이 나섰다.

"구혼독마가 죽였소. 내 이름을 걸고 보증하겠소."

당당한 목소리로 말하는 임추량을 담서인이 빤히 바라보았다.

임추량이라는 이름 석 자에 그만한 무게가 있을까?

담서인조차 의심하는데, 구효서가 의심하지 않을 리 없었다.

"네놈은 누구지?"

"임추량이요."

"임추량? 들어 본 적이 없는 이름인데."

"당연하오. 개명했으니까."

"……?"

"개명 전의 이름은 임막영이었소."

"임막영?"

"수라단의 단주였소."

임막영?

수라단의 단주?

낯선 이름에 낯선 직책이었다.

그래서 담서인이 한참 기억을 더듬은 끝에 간신히 그 이름과 직책을 떠올리는 데 성공하고 입을 쩍 벌렸다.

"전장의…… 귀신?"

"한때 그렇게 불린 적도 있었지."

"말도 안 돼."

"옛날 일이라니까."

한량 임추량과, 전장의 귀신.

둘 사이에는 쉽게 건널 수 없는 엄청난 간극이 존재했다.

그래서 영 미덥잖은 시선을 던지고 있을 때, 구효서도 놀란 표정을 감추지 못한 채 입을 뗐다.

"수라단의 단주라……. 자네가 이런 곳에 있을 줄은 몰랐군."

"여기가 내게 가장 잘 어울리는 장소요."

"뜻밖이군."

"내 이름값으로는 부족하오?"

"또 누가 있는가?"

구효서가 던진 질문을 들은 임추량의 시선이 장내를 훑었다.

그리고 임추량과 시선이 부딪힌 순간, 담서인이 못 이긴 척 앞으로 나설 준비를 했다.

"강호소사전담반의 실세이자 강호초출이에요. 아, 강호초출이라고 하면 우습게 볼 수도 있으니까 미리 알려 드릴게요. 제가 강호에 나와 상대한 무인들의 면면이 쟁쟁하거든요. 첫 상대인 괴협 백리휴, 두 번째 상대인 낭인제일도 벽두산을 차례로 꺾은 강호의 신성, 담서인이라고 해요."

미리 준비해 둔 말을 막 꺼내 놓으려는 순간, 임추량이 먼저 입을 뗐다.

"이분이오."

'이분?'

임추량이 미치지 않고서야 자신에게 존칭을 사용할 리 없었다.

그래서 고개를 돌렸던 담서인이 두 눈을 껌벅였다.

'내가 아니라 염노?'

임추량이 소개한 것은 담서인이 아니라 염노였다.

"누군가?"

염노는 전혀 당황하지 않고 뒷짐을 진 채 말했다.

"염노라고 불리네. 이름을 잊어버린 늙은이지."

"……?"

"예전에는 염익이라는 이름을 갖고 있었지. 그리고 사람들은 날 만박자라고 불렀다네."

"만박자 염익!"

구효서의 얼굴에 처음으로 놀람이란 감정이 떠오른 순간, 담서인도 더 커질 수 없을 정도로 눈을 치켜떴다.

"염노가…… 만박자라고요?"

천하에 모르는 것이 없다고 알려진 만박자.

담서인도 만박자에 대한 소문은 여러 번 들었었다.

그리고 그때마다 생각했다.

삶의 연륜이 느껴지는 혜안과 인자한 풍모, 그리고 현기가 깃들어 있는 부드러운 눈빛과 조곤조곤한 말투.

담서인이 홀로 그려 왔던 만박자에 대한 그림이었다.

그리고 담서인의 상상 속 만박자의 모습과 지금 자신의 앞에 서 있는 염노는 달라도 너무 달랐다.

기품이라고는 찾아볼 수 없는 볼품없는 수염을 손가락으로 배배 꼬고 있는 염노가 바로 만박자라니.

도저히 믿을 수 없었다.

그래서 담서인이 참지 못하고 입을 뗐다.

"에이, 아니죠?"

"맞다. 내가 바로 만박자다."

"하지만……."

"하지만 뭐냐?"

"염노는 내가 여자라는 것도 몰랐잖아요?"

만박자는 천하에 모르는 게 없다고 알려져 있었다.

하지만 염노는 오랫동안 함께 지내면서도 담서인이 여자라는 사실조차도 알아채지 못했었다.

이게 염노가 만박자가 아니라는 증거였다.

그러나 염노는 뻔뻔하게 고개를 흔들었다.

"알고 있었다."

"거짓말."

"사실이다."

"하지만……."

"늘 마누라라고 불렀잖아."

염노가 히죽 웃으며 콧김을 내뿜었다.

그건 그냥 한 말이었을 뿐이지 않냐는 말로 따지려 했지만, 염노는 이미 구효서를 향해 시선을 돌린 후였다.

"내 이름을 걸고 보증하지. 자네 딸은 구혼독마가 죽였네."

임추량에 이어 염노까지 나서서 진실을 밝혔다.

이쯤에서 믿어 주면 좋으련만.

입을 꾹 다문 채 고민하던 구효서는 아쉽게도 천천히 고개를 흔들었다.

"못 믿겠군!"

구효서의 시선이 권황 장훈의 곁에 서 있던 독고혜에게 닿았다.

그 두 눈에 살기가 번뜩이는 것을 확인한 담서인이 필사적으로 머리를 굴리다가 묘수를 떠올렸다.

"직접 보세요."

"뭘 보란 말이냐?"

"진실!"

"진실?"

구효서의 무시무시한 시선을 피하지 않은 채 담서인이 손가락으로 용선 고서점의 구석에 놓인 관을 가리켰다.

그제야 관을 발견한 구효서가 처음으로 움찔했다.

"저기…… 내 딸이 있느냐?"

"그래요. 최고급 관이에요. 그리고 돈 엄청 써서 시신이 썩지 않도록 특수 처리까지 해 두었어요."

담서인이 마침 찾아온 기회를 놓치지 않고 생색을 냈지만, 구효서는 제대로 듣고 있는 것 같지 않았다.

넋이 나간 듯 관을 바라보다가 휘적휘적 걸음을 옮겨 관 앞으로 다가가 있었다.

쩌억.

단단히 봉해져 있었지만, 구효서는 가볍게 관의 뚜껑을
열었다.

그리고 관 안에 누워 있는 구묘령의 뺨을 향해 손을 뻗는
것을 확인한 담서인이 재빨리 덧붙였다.

"직접 보시면 알겠지만 묘령이는 독에 중독됐어요. 구혼
독마가 죽였다는 증거죠. 이제 믿으시겠어요?"

직접 두 눈으로 확인했으니 이제 믿어 주길 바랐다.

그러나 구효서의 반응은 담서인의 바람과는 달랐다.

"네 말이 맞구나."

"그렇다니까요."

"하지만…… 못 믿겠구나."

"직접 보고도 못 믿으면……."

"딸아이의 시신을 잘 수습해 준 것은 고맙구나. 그 대가
로…… 너는 최대한 고통 없이 죽여 주마."

구효서가 관 뚜껑을 닫으며 꺼낸 말을 들은 담서인이 더
참지 못하고 소리쳤다.

"아주 고맙네요. 고마워서 눈물이 다 날 지경이에요."

"뭐라고?"

"이럴 거면 왜 물었어요? 어차피 우리가 무슨 말을 한다
고 해도 처음부터 믿을 생각도 없었잖아요. 이미 답을 정해
놓고 대체 왜 물었던 거냐고요?"

"……."

"어차피 복수에 눈이 뒤집혀서 아무것도 보이지 않고, 아무것도 들리지 않는 상황이면서……."

아까부터 하고 싶었던 말은 이것이었다.

속에 꾹꾹 담아 두고 있었던 말을 쏟아 내고 나니 시원했다.

임추량이 재빨리 다가가 옆구리를 쿡 찌르지만 않았다면 내친김에 욕도 한 바가지 퍼부어 주었을 텐데.

"왜 그래요?"

"좀 참지."

"뭘 참아요?"

"자꾸 깜빡하는가 본데…… 저 영감, 천마야."

"천마가 뭐 대수라…… 대수긴 하죠."

"그러다 진짜 죽는다."

"어차피 죽는 건 마찬가지인데 이판사판이죠. 들어 보면 모르겠어요? 우릴 다 죽이러 왔다니까요."

이번 말에는 임추량도 이견이 없는 듯 희미하게 고개를 끄덕였다.

"구효서는 우릴 죽이려 들 거야."

"그럼 어쩌죠?"

"싸워야지."

"누구랑요? 천마랑 싸워요?"

"그래."

"누가 싸우는데요?"

"우리가 다 같이 힘을 합쳐서 싸워야지."

"솔직히 말해 줘요."

"뭘 말이냐?"

"강호에 출도한 뒤에 첫 번째 상대는 괴협 백리휴, 두 번째 상대는 낭인제일도 벽두산, 세 번째 상대는 천마 구효서라니. 나보다 더 박복한 년을 혹시 본 적 있어요?"

"단언컨대…… 없다."

역시 예상대로였다.

담서인은 강호에서 가장 박복한 년이 틀림없었다.

"축하해 줄까?"

"사양할게요."

뭘, 이런 일로 축하씩이나.

곧 죽게 생긴 마당인데.

"이제 내 딸의 복수를 해야겠다."

진즉에 저렇게 나올 것이지.

지금까지 감추고 있던 본심을 마침내 드러낸 구효서를 매섭게 바라보던 담서인이 임추량에게 물었다.

"그런데 우리 대형은 대체 어디 갔어요?"

*   *   *

소요장.

그리 크지 않은 장원은 시커먼 어둠에 물들어 있었다.

스산한 바람이 스쳐 지나가고 있는 장원의 앞으로 천천히 다가간 철무경이 굳게 닫힌 문을 힘주어 손으로 밀었다.

끼이익.

녹이 슬어서일까?

밤의 정적을 깨트리는 시끄러운 소리와 함께 문이 열리자, 철무경이 망설이지 않고 안으로 들어갔다.

'수십 명?'

어둠에 물든 장원으로 발을 밀어 넣은 순간, 장원 곳곳에 은신해 있는 무인들의 기척을 느낄 수 있었다.

그러나 철무경은 개의치 않고 천천히 걸음을 옮겼다.

그리고 장원의 연무장 가운데 홀로 서 있는 사내의 앞으로 다가갔다.

"달이 참 밝군!"

뒷짐을 진 채 하늘을 올려다보고 있던 흑의 사내가 기척을 느끼고서 태연한 목소리로 입을 뗐다.

"그렇구려."

"달빛을 벗 삼아 술 한잔할 텐가?"

사내가 제안했지만, 철무경은 고개를 흔들어 거절했다.

느긋하게 달을 감상하며 술잔을 기울일 여유가 없었기 때문이었다.

"당신이 천검이오?"

"잘 찾아왔군! 자네가 찾아온 걸 보니 삼검과 육검은 죽었겠군."

"맞소."

"사검과 칠검은?"

"떠났소."

"그렇군."

마치 예상했다는 듯 희미하게 고개를 끄덕이는 사내를 바라보던 철무경이 덧붙였다.

"똑똑한 여자였소."

"사검 말인가?"

"우리가 닮았다는 걸 단숨에 알아채더군요."

"우리가 닮았나?"

뒷짐을 진 채로 보름달이 떠 있는 하늘만 올려다보고 있던 흑의사내가 처음으로 신형을 돌렸다.

마침내 흑의사내의 얼굴이 드러났다.

그리고 달빛 아래 보이는 사내의 얼굴은 선비처럼 유약한 분위기를 풍겼다.

사내다운 분위기를 물씬 풍기는 철무경과는 전혀 닮아 있지 않았다.

"그런 것 같소."

"왜 그렇게 생각하나?"

"사부가 날 택한 이유가 있을 테니까."

철무경이 바로 대답하자, 천검의 입가로 한줄기 미소가 스치고 지나갔다.

"그럴듯하군. 똑똑한 늙은이였지."

"그렇지도 않소."

"왜?"

"당신을 택하는 우를 범했으니까."

"클클클."

한참을 웃던 천검이 웃음을 거두고 물었다.

"그 늙은이는 죽었나?"

"돌아가셨소."

"언제 죽었지?"

"약 십 년 가량 흘렀소."

마치 예상했다는 듯이 희미하게 고개를 끄덕이고 있는 천검을 바라보던 철무경이 입을 뗐다.

"사부는 마지막까지 당신을 걱정했소."

"그 늙은이가 날 걱정했다?"

"그렇소."

"뭐라던가?"

"당신을 막아 달라 했소."

"흥, 그 늙은이가 대체 왜 날 걱정하지?"

"그야…… 제자이니까."

철무경이 꺼낸 대답이 마음에 들지 않아서일까?

천검의 표정이 다시 일그러졌다.

"사부는 무슨. 욕심만 많은 늙은이였지. 그리고 내가 원치도 않았는데 무거운 짐만 잔뜩 안겨 줬지."

"당신을 믿었기 때문에 그 짐을 안겨 준 거요."

"정말 그렇게 생각하나?"

"그렇소."

"그래서 행복한가?"

천검이 불쑥 질문을 던졌다.

그리고 철무경은 선뜻 대답하지 않고 하늘을 올려다보았다.

천검의 어깨에 올려져 있던 짐은 오롯 철무경의 차지가 되었다.

아니, 철무경에게는 당시의 천검보다 더 많은 짐이 올려져 있었다.

휘영청 둥근 보름달을 올려다보고 있자니, 불쑥 사부의 얼굴이 떠올랐다.

그리고 주름진 사부의 얼굴이 떠오른 순간, 철무경이 대답했다.

"행복하지 않소."

*　　*　　*

"강호를 지키거라."

사부가 유훈으로 남긴 짐은 무거웠다.

철무경의 작은 두 어깨에 모두 짊어지기에는 역부족이라고 느껴질 정도로.

그래서 한때 사부를 원망하기도 했었다.

하지만 모두 지난 일이었다.

이미 죽어 버린 사부를 원망한다고 해서 뭐가 달라질까?

지금 철무경은 더 이상 사부를 원망하지 않았다.

대신 사부가 남기고 떠난 짐을 책임지기 위해서 최선을 다해 살아가고 있었다.

그래서 이곳을 찾아온 것이고.

철무경이 물끄러미 천검을 바라보았다.

굳이 배분을 따지자면 천검은 자신의 사형이었다.

그러나 사형이라 부를 수는 없었다.

천검이 사부의 존재를 부정했으니까.

"어땠소?"

"죽기보다 싫었지. 그래서 도망쳤어. 이해할 수 있나?"

"이해하오."

"그래, 너는 이해할 수 있겠지."

같은 스승을 둔 두 명의 제자.

더 많은 말은 필요치 않았다.

천하에 단 두 사람만이 공감할 수 있는 감정이었기 때문이었다.

"내가 틀렸다고 생각하나?"

"그렇게 생각하진 않소."

"그럼?"

"선택이 달랐을 뿐이오."

"틀린 게 아니라 달랐다?"

"그렇소."

천검의 한쪽 입꼬리가 말려 올라갔다.

그리고 잠시 망설이던 그가 입을 열었다.

"빌어먹을 늙은이야."

"……."

"지금까지도 난 그 늙은이가 남긴 짐덩이에서 완전히 도망치지 못했어."

"알고 있소."

"그래서 난 그 늙은이의 부탁대로 강호를 구하려고 하네. 나만의 방식으로."

철무경이 확신에 찬 목소리로 말하고 있는 천검을 물끄러미 바라보았다.

그가 내린 선택이 무엇인지 이미 알고 있었다.

어쩌면 천검은 자신의 방식으로 강호를 구하려는 건지도

몰랐다.

틀린 게 아니었다.

같은 상황에서 다른 선택을 내렸을 뿐이었다.

"날 막을 생각인가?"

"그럴 생각이오."

"자네가 막을 수 있을까?"

"솔직히 말해도 되오?"

"말해 보게."

"자신 없소."

철무경이 감추지 않고 속내를 털어놓았다.

그리고 천검은 의외라는 표정을 감추지 않고 물었다.

"왜 자신이 없나?"

"준비가 부족했소."

"무슨 뜻인가?"

"내게 십 년의 시간이 더 주어진다면 당신을 확실히 막을 수 있겠지만…… 지금은 너무 이르오."

"지나치게 솔직하군. 아니, 겸손한 건가?"

"편할 대로 생각하시오."

"그럼 어찌할 텐가?"

"……."

"그래도 막겠지?"

천검이 불쑥 질문을 던졌고, 철무경은 지체하지 않고 고개를 끄덕였다.

시간이 부족하다는 것은 결국 변명이고 핑계였다.

세상이란 그런 것이었다.

모든 것을 완벽하게 준비할 때까지 기다려 주지 않는 법이었다.

시간이 모자라면 모자란 대로, 준비가 부족하면 부족한 대로 새로운 상황과 맞닥트려야 했다.

"난 당신을 막아야겠소."

철무경은 시간과 준비가 부족했다는 변명을 늘어놓으며 도망치는 대신, 정면 대결을 선택했다.

그리고 이미 그 대답을 짐작했다는 듯이 천검이 환하게 웃었다.

"그럴 줄 알았지."

그 말을 남긴 천검이 뒷짐을 진 채로 신형을 돌렸다.

자박자박.

그리고 한 보 한 보 떼며 천천히 걸음을 옮겨 멀어지기 시작하던 천검이 안부 인사를 건네듯 편안한 목소리로 말했다.

"그럼 어디 한번 막아 보게."

6장
지랄 맞은 늙은이

자박자박.

천검이 걸음을 옮기는 속도는 결코 빠르지 않았다.

그의 등은 아주 천천히 멀어지고 있었다.

하지만 철무경의 마음은 자꾸 조급해졌다.

그를 이대로 놓치게 될까 봐.

그를 이대로 놓쳐 버리면 다시는 찾을 수 없게 될까 봐.

어서 달려가서 천검의 어깨를 붙잡아야 했다.

그리고 이쯤에서 그만두라고 소리치며 막아서야 했다.

그러나 그게 쉽지가 않았다.

좌르르륵.

어둠에 물든 장원의 지붕에 은신하고 있던 수십 명의 흑의인들이 일제히 허공에서 떨어져 내렸다.

그 흑의인들은 천검과 철무경의 사이를 막아섰다.

더 이상은 다가갈 수 없다고 경고하듯이.

"비켜!"

철무경도 지지 않고 경고했다.

하지만 흑의인들은 그 경고를 신중히 듣지 않았다.

마치 철벽처럼 길을 막고 서 있는 흑의인들을 응시하던 철무경이 허리에 걸려 있던 적혈검을 빼 들었다.

흑의인들은 모두 고수였다.

이런 고수들이 어디에 숨어 있다가 갑자기 우르르 몰려 나왔을까 의문이 들 정도로 대단한 기도를 발출하고 있었다.

굳이 비교를 하자면 무림맹의 정예 부대인 멸마단이나, 마교가 자랑하는 혈랑대와 맞붙는다 해도 밀리지 않을 정도였다.

기이잉.

상대가 만만치 않음을 직감해서일까?

적혈검이 긴 검명을 토해 냈다.

그리고 지금 이 순간에도 천검이 걸음을 옮겨 멀어지고 있다는 사실을 깨달은 철무경이 지체하지 않고 흑의인들을 향해 파고들었다.

쐐액.

쐐애액.

철무경이 신법을 펼치자마자 흑의인들이 앞을 가로막았다.

그리고 기다렸다는 듯이 검을 휘둘렀다.

일 초, 일 초가 모두 요혈을 노리고 파고드는 치명적인 공격이었다.

그러나 철무경은 물러나지 않았다.

지금 그의 머릿속을 가득 채우고 있는 것은 딱 하나뿐이었다.

'막아야 해!'

천검을 막아야 했다.

그리고 천검을 막아 세우기 위해서는 지금 자신의 앞을 가로막고 있는 흑의인들을 뚫고 지나가야 했다.

차차차창.

요혈을 노리고 파고드는 검들과 적혈검이 쉬지 않고 부딪혔다.

철무경은 감추지 않고 살기를 드러냈다.

큭.

크아악.

살기가 담긴 적혈검이 흑의인들을 베었고, 그때마다 고통을 참는 단발마의 신음성이 흘러나왔다.

'열둘, 열셋, 열넷!'

적혈검을 휘둘러 쓰러트린 흑의인들의 수를 열다섯까지 세다가 그만두었다.

그럴 여유가 사라졌기 때문이었다.

서걱.

어깨에 불에 덴 듯한 통증이 밀려들었다.

검에 베인 상처에서 튀어나온 뜨거운 피가 뺨을 적셨지만, 철무경은 상처를 돌볼 생각도 못하고 적혈검을 휘둘렀다.

잠시라도 적혈검을 휘두르는 것을 멈추면 죽으리라는 것을 알았기 때문이었다.

철무경은 머리를 비웠다.

대신 본능에 몸을 맡겼다.

크아아악.

채애앵.

누군가의 비명 소리와 병장기가 부딪히는 소리가 장원 안을 가득 메웠다.

그러나 철무경은 아무것도 들을 수 있었다.

자박자박.

천검이 멀어지는 발걸음 소리만이 귓가를 가득 채우고 있었다.

쿵. 쿵.

천검을 여기서 절대 놓쳐서는 안 됐다.

그래서 철무경도 한 걸음, 한 걸음 힘겹게 보보를 떼기 시작했다.

　그리고 철무경이 한 걸음씩 뗄 때마다 그의 몸에는 하나씩 상처가 늘어갔다.

　"서인 검법의 무서움을 보여 줘."

　염노가 이죽거렸다.

　예전이었다면 그냥 무시했을 텐데.

　염노가 만박자라는 사실을 알고 나자, 조금 궁금해졌다.

　"염노!"

　"말해라."

　"제가 이길 수 있을까요?"

　"당연히 못 이기지. 상대를 직시하라고."

　담서인의 상대는 천마 구효서.

　염노의 말이 옳았다.

　검을 손에 쥐고 강호에 뛰어든 지 얼마 되지도 않은 주제에 천마 구효서를 이길 수 있을 리 만무했다.

　그리고 염노에게서 그 말을 듣고 나자, 간신히 생겼던 전의가 싹 사라지면서 맥이 탁 풀렸다.

　"어차피 죽을 거 왜 싸워요?"

　"버티는 거지."

"버텨요? 뭘 기다리면서 버티는 건데요?"

"우릴 도우러 올 사람들."

염노의 이야기를 듣는 순간, 귀가 번쩍 뜨였다.

그래서 재빨리 다시 물었다.

"그게 누군데요?"

"곧 올 거야. 제갈후가 바쁘게 움직였을 테니까. 아, 물론 우리 때문에 움직인 건 아니겠지만."

누구 때문에 오는가는 중요치 않았다.

어쨌든 누가 돕기 위해서 이곳으로 찾아온다는 것이 중요했다.

원군이 곧 올 거라는 염노의 말을 듣고서야, 저만치 사라졌던 전의가 다시 불타오르기 시작했다.

"그럼 난 뭘 하면 될까요?"

"딱히 할 게 없어."

"에?"

"우선은…… 구경이나 하자고."

"구경? 그럼 누가 싸우는데요?"

"수라단주!"

"추량 선배요?"

"그래, 수라단주라면 꽤 버틸 수 있을 거야."

한물, 아니, 몇 물 간 한량인 임추량이 천마 구효서를 상대할 수 있을까?

불과 며칠 전이었다면 절대 이 말을 믿지 않았으리라.

하지만 임추량이 전장의 귀신이라 불리었던 수라단주라
는 사실을 알았기 때문에, 또 지금 확신에 찬 목소리로 이
말을 꺼내고 있는 것이 만박자였기 때문에 조금 믿음이 생
겼다.

그래서 슬그머니 뒤로 물러나던 담서인이 의아한 표정을
지었다.

"그런데 권황 어르신은 뭐해요?"

"그는 움직이지 않을 것이다."

"왜요?"

"그에게 중요한 건 독고혜의 안위니까."

"하지만……."

"수라단주가 무너지면 그때서야 움직이겠지."

담서인이 비로소 말귀를 알아듣고 인상을 찌푸렸다.

"너무…… 치사하잖아요."

그래, 이건 아무리 생각해도 너무 치사했다.

아무리 독고혜의 안위가 중요하다고 해도 지금 강호소사
전담반에 찾아온 위기는 그녀 때문에 생긴 것이었다.

그런데 마치 아무런 상관도 없는 사람처럼 멀찌감치 물
러나서 남의 집 불구경하듯 하는 태도가 담서인의 마음에
들지 않았다.

"치사하지."

"염노가 생각해도 그렇죠?"

"그렇지만 당연한 거다."

"당연하다?"

"가진 것이 많은 사람은 지킬 것도 많아지는 법이니까."

담서인이 입술을 꼭 깨문 채 독고혜를 바라보았다.

상황이 위급하다는 것을 느껴서일까?

겁을 잔뜩 집어먹은 독고혜의 눈동자는 심하게 흔들리고 있었다.

다른 사람들의 동정심을 불러일으키기에 충분할 정도로 애처로운 모습이었지만, 담서인은 그녀가 가증스럽게 느껴졌다.

"네가 원치 않았다고 해도 넌 많은 것들을 누리며 살아왔다. 그리고 네가 누린 것들만큼 책임이 따르는 법이다."

그리고 비로소 당시에 무척 냉정하게 들렸던 철무경의 말이 결코 냉정했던 것이 아님을 깨달았다.

"추량 선배!"

"말해."

"살살 해요."

"살살?"

"정 안 되겠다 싶으면 적당히 하고 도망치자구요."

말귀를 알아들은 임추량의 입가로 희미한 미소가 번지는 것을 확인한 담서인이 다시 독고혜를 힐끗 살폈다.

독고혜와 임추량.

사람의 목숨에 과연 경중이 있을까?

담서인이 예전에 어디선가 읽었던 책에서는 사람의 목숨에 경중 따위는 존재하지 않는다고 적혀 있었다.

하지만 그건 책 속에 적힌 말일 뿐이었다.

현실에서는 목숨값에 경중이 존재했다.

당장 두 사람만 비교해도 독고혜에게 무게추가 기울었으니까.

그러나 그건 세상의 기준일 뿐이었다.

담서인의 입장에서는 독고혜보다 임추량이 훨씬 더 소중한 사람이었다.

철부지나 다름없는 독고혜 때문에 임추량을 잃는 것은 상상하기조차 싫었다.

"노력하마."

"적당히 하라니까요."

"상대가 상대인 만큼 적당히가 가능할지 모르겠구나."

임추량은 여전히 웃고 있었다.

하지만 입꼬리는 잔뜩 굳어져 있었다.

늘 여유가 넘치던 임추량이었는데.

임추량이 이렇게 긴장한 모습을 처음 보았다.

그래서 다시 한 번 천마 구효서라는 이름이 가지는 무게 값이 느껴지던 순간이었다.

"너부터 죽겠다는 거로군."

구효서가 성큼 한 걸음을 내딛었다.

임추량이 구효서에게서 시선을 떼지 않은 채 한 걸음 뒤로 물러나며 녹슨 박도를 들어 올렸다.

'아, 참. 박도 한 자루 새로 사 주기로 약속했었었는데.'

임추량의 손에 들린 녹슨 박도를 확인하고 나니, 속이 상했다.

그래서 담서인이 한숨을 내쉬고 있을 때, 서로를 죽일 듯이 노려보던 구효서와 임추량이 충돌했다.

콰앙!

엄청난 폭음이 터져 나오며 용선 고서점의 내부에는 자욱한 먼지가 피어올랐다.

잠시 뒤 그 먼지가 걷히고 나자, 오만한 표정을 지은 채 제자리에 서 있는 구효서와 다섯 걸음 정도 뒤로 물러난 임추량이 보였다.

주르륵.

벽에 부딪히기 직전에야 간신히 신형을 멈춰 세우는 임추량의 입가를 타고 검붉은 피가 흘러내렸다.

"내 공격을 받아 냈다? 놀랍군!"

구효서가 꺼낸 말에서 오만함이 전해졌다.

하지만 그 말이 다른 사람이 아닌 천마 구효서의 입에서 흘러나왔기에 오히려 당연하게 느껴졌다.

"수라단주, 과연 허명이 아니었군."

구효서가 희미하게 고개를 끄덕일 때, 임추량이 소매를 들어 선혈이 묻은 입가를 문지르며 대꾸했다.

"벌써 놀라면 곤란한데."

"……."

"아직 보여 줄 게 많이 남았거든."

장내에 팽팽한 긴장의 끈이 이어졌다.

그리고 이번에 먼저 움직인 것은 구효서였다.

콰직.

그가 내딛은 진각에 용선 고서점의 바닥이 움푹 파였다.

그와 동시에 구효서가 주먹을 말아 쥔 오른손을 앞으로 쑥 내밀었다.

평범하기 그지없는 주먹질.

하지만 마기가 잔뜩 실린 권에 실린 위력은 엄청났다.

콰콰콰쾅.

대기가 진동하며 구효서의 주먹으로 빨려 들어가는 것 같은 착각이 일어난 순간, 응축됐던 진기가 임추량을 향해 쏘아져 나갔다.

천마파공권.

자신에게 쏟아지고 있는 진기를 알아챈 임추량의 표정이 신중하게 변했다.

당장 부러져도 이상할 것 같지 않은 녹슨 박도를 앞세운 임추량은 담서인의 충고를 듣지 않았다.

적당히 하고 도망치는 대신, 오히려 힘차게 진각을 내딛었다.

샤사사삭.

엄청난 폭음이 터져 나올 거라 예상했던 것과 달리, 조용했다.

마치 산들바람이 스쳐 지나가는 것 같은 소리가 겹쳐지듯 쌓이는 가운데, 오직 녹슨 박도만이 움직였다.

빙글빙글.

녹슨 박도는 텅 빈 허공에 끝없이 원을 그렸다.

"큭!"

하지만 진기를 모두 해소하는 것은 역부족이었을까?

처음에 완벽한 원을 그려 내던 박도가 만들어 내는 원이 점점 기울어졌다.

녹슨 박도가 마침내 움직임을 멈추었을 때, 임추량의 꽉 다문 입가를 비집고 한줄기 신음성이 새어 나왔다.

그리고 그때였다.

완전히 멈춘 것 같던 녹슨 박도가 섬광 같이 쏘아져 나갔다.

샤각.

쿨럭.

옷자락이 베이는 소리가 들린 것과 임추량이 검붉은 선혈을 한 움큼 뱉어 낸 것은 거의 동시였다.

다시 정적이 찾아온 순간, 구효서가 고개를 숙여 아래를 내려다보았다.

녹슨 박도를 완전히 피해 내지 못한 탓에 길게 잘려 나간 소맷자락을 확인한 구효서의 두 눈에 감탄의 빛이 떠올랐다.

"살검이 다가 아니었군!"

전장의 귀신이라 불렸던 수라단주 임추량의 검은 실전을 겪으며 점점 더 날카롭게 변한 검이었다.

그러나 구효서는 그게 다가 아니라고 말했다.

"무당…… 인가?"

"내가 아까 그랬잖소."

"……?"

"아직 놀라기에는 너무 이르다고."

내상을 입어서일까?

임추량의 안색은 밀랍 인형처럼 창백했다.

그러나 전혀 움츠려들지 않고 꼬박꼬박 대꾸했다.

"자넨, 강하군."

천마 구효서의 인정을 받는 것은 결코 쉬운 일이 아니었다.

그러나 임추량은 전혀 기뻐하지 않았다.

"한때 촉망받던 후기지수였다고 하지 않았소?"

"흥, 나약해 빠진 정파의 후기지수 놈들보다 훨씬 강해."

"칭찬은 고맙소만, 더 강해져야 했소. 적어도 당신을 감당할 수 있을 정도로."

"무엇 때문인가?"

"할 일이 있거든."

"할 일?"

"촉망받던 후기지수일 때도 있었고, 전장의 귀신이라 불릴 때도 있었소. 하지만 다 시들했지. 그래서 아무 의미 없이 막 살아가고 있을 때, 날 잡아 준 사람이 있었소. 인생을 허비하지 말라고. 덕분에 난 개명을 하며 다시 태어났고, 나름 의미 있는 삶을 살고 있소. 그리고 그 사람과 약속을 했소."

"무슨 약속인가?"

"한 사람을 지켜 주겠다고."

"그게 누군가?"

두근.

임추량과 시선이 마주친 순간, 담서인의 심장이 거칠게 뛰었다.

임추량은 입을 열어 대답하지 않았다.

그러나 임추량과 시선이 부딪힌 순간, 지금 임추량이 말하고 있는 사람이 누구인지 짐작이 갔다.

지금 임추량은 담서인을 지키겠다는 철무경과의 약속을 지키기 위해 필사적으로 구효서와 싸우고 있는 것이었다.

'대형, 그리고 추량 선배!'

거칠게 뛰기 시작한 심장이 진정되지 않았다.

그래서 담서인이 검병을 쥔 손에 힘을 더할 때였다.

"하긴 누군지 알 필요 없지. 어차피 다 죽을 테니까."

구효서가 대답을 기다리는 대신, 다시 일 권을 내질렀다.

임추량도 피가 날 정도로 입술을 꽉 깨문 채 녹슨 박도를 휘둘렀다.

그러나 내상 때문일까?

콰직.

임추량의 녹슨 박도는 구효서가 내뿜은 진기의 거센 압력을 견디지 못하고 기어이 부러져 버렸다.

쿵.

구효서의 일 권을 허용한 임추량이 벽에 부딪히고 나서야 간신히 멈추었다.

"이만 끝내지!"

반 토막 난 박도를 들어 올리는 임추량의 손이 부들부들 떨렸다.

하지만 구효서에게서 자비를 기대하기는 어려웠다.

신형도 제대로 가누지 못한 임추량을 일별한 구효서가

팔을 들어 올리는 순간, 담서인이 검을 든 채 뛰어나갔다.

"그만 멈춰!"

* * *

기이잉.

적혈검이 대기를 찢어발길 듯한 검명을 토해 냈다.

철무경이 주입한 진기를 받아들인 적혈검이 한 자 가량 길어졌다.

희뿌연 빛무리에 휩싸인 검강이 철무경의 전신 요혈을 노리고 흑의인들이 쏟아 낸 검들과 부딪혔다.

슥.

서걱.

적혈검은 보검이었다.

게다가 철무경이 일으킨 검강을 버틸 수는 없는 노릇이었다.

흑의인들의 검이 마치 수수깡처럼 잘려 나갔다.

그리고 잘려 나간 것은 검만이 아니었다.

검강을 피하지 못한 흑의인들의 수급이 모조리 떨어져 나갔다.

툭.

투둑.

"피해!"

"어서 피햇!"

외침은 길게 이어지지 못했다.

철무경이 가쁜 숨을 내쉬며 주변을 살폈다.

수십 명이었던 흑의인들 가운데 두 발로 서 있는 자들은 고작 셋뿐이었다.

게다가 그들은 철무경의 엄청난 신위를 직접 두 눈으로 목격한 후였다.

저벅.

철무경이 다시 무심하게 걸음을 옮기자, 흑의인들도 재빨리 뒤로 물러나며 간격을 유지했다.

그리고 서로 시선을 교환하던 흑의인들이 마침내 결정을 내린 듯 일제히 철무경을 향해 쇄도했다.

진기가 고갈된 탓일까?

적혈검을 감싸고 있던 검강이 흔적도 없이 사라졌다.

그러나 철무경은 자신을 향해 쇄도하고 있는 흑의인들을 향해 시선도 주지 않았다.

지금 철무경의 모든 감각은 양 귀에 쏠려 있었다.

자박자박.

여전히 천검은 멈추지 않고 있었다.

하지만 거리는 크게 벌어지지 않았다.

철무경이 흑의인들과 맞서 싸우면서도 힘겹게 한 걸음씩 천검의 뒤로 따라붙었기 때문이었다.

서걱.

푹.

푹.

푹.

철무경의 왼쪽 어깨에서 다시 피가 튄 순간, 뒤늦게 움직인 적혈검이 마치 물이 흐르는 것처럼 자연스럽게 흑의인들을 훑고 지나갔다.

그리고 그걸로 끝이었다.

가슴이 꿰뚫린 흑의인들이 차례차례 쓰러졌다.

"멈춰."

"……."

"그만 멈춰!"

철무경이 소리쳤다.

그리고 마침내 멈출 것 같지 않던 천검의 걸음이 멈추었다.

빙글.

천검이 신형을 돌렸다.

"검강?"

바닥에 쓰러진 흑의인들을 힐끗 살핀 천검이 철무경의 싸움을 본 감상평을 읊조리듯 입을 열었다.

"예상은 했지만…… 강하군. 기어이 날 막을 생각인가?"

"그렇소."

"의지는 가상하군. 하지만……."

"……."

"그만 돌아가게."

천검은 진기를 끌어 올리며 싸울 준비를 하는 대신에 돌연 축객령을 내렸다.

물론 그 축객령을 순순히 따를 철무경이 아니었다.

그래서 그대로 멈추어 서 있자, 천검이 다시 입을 열었다.

"자네와 내 검, 닮았지만 다르군."

"다른 선택을 내렸기 때문일 것이오."

"수검(守劍)이로군!"

"그렇소."

"지킬 것이 있기 때문이겠지?"

철무경이 고개를 끄덕였다.

천검의 말대로 지킬 것이 있었다.

거창하게는 사부의 유훈대로 강호를 지켜야 했고, 가까이는 담서인을 비롯한 가까운 사람들을 지켜야 했다.

"어서 가는 게 좋을 거야. 자네가 지키고 싶은 것을 지키려면."

"……?"

"천마의 눈이 뒤집혔다는 건 자네도 알지 않는가?"

"내가 서둘러 갈 필요는 없소."

"왜 그리 생각하지?"

"이미 대비를 해 두었으니까."

구효서가 용선고서점을 찾아올 것은 이미 예상하고 있었다.

하지만 철무경은 임추량과 염노를 믿었다.

그리고 한 사람 더, 제갈후를 믿었다.

철무경이 알고 있는 제갈후는 현명한 자였다.

그라면 늦지 않게 용선 고서점으로 지원군을 보내리라.

그러나 왜일까?

완벽하게 대비를 해 두었다고 판단했는데, 천검의 입가에 희미하게 떠올라 있는 웃음을 확인한 순간 불안감이 깃들었다.

그리고 그때, 천검이 불쑥 물었다.

"완벽하게 대비했다고 자부할 수 있나?"

"무슨 짓을 꾸민 거요?"

"병법으로 비유하자면 정석을 택했지."

"정석?"

"상대의 약점을 물고 늘어져야지."

"……."

"자네의 약점은 정이지."

천검의 입에서 흘러나온 약점이라는 말을 듣는 순간, 담서인의 얼굴이 퍼뜩 떠올랐다.

그리고 자연스레 마음이 조급해졌다.

"당신이 지시한 거요?"

"맞아."

"후회할 거요."

"후회라…… 그건 차후의 문제지. 우선은 그 아이를 살리는 게 급선무가 아닌가?"

"만약 그 아이가 잘못된다면……."

"이검이 움직였어."

"이검?"

"지금쯤 거의 도착했을 거야."

"이검이 대체 누구요?"

"글쎄…… 누굴까?"

천검은 쉽게 대답해 주지 않았다.

대신 충고를 건넸다.

"이검은 냉혹한 성정의 소유자야. 지금 이렇게 나와 길게 이야기를 나눌 시간이 없어. 어서 서두르는 게 좋을 거야."

빙글.

철무경이 더 지체하지 않고 신형을 돌렸다.

그리고 신법을 펼쳐 무서운 속도로 달려 나가기 시작했다.

순식간에 철무경이 시야에서 사라지고 나자, 천검이 뒷짐을 진 채 보름달을 올려다보며 입을 뗐다.

"지랄 맞은 늙은이! 재밌소?"

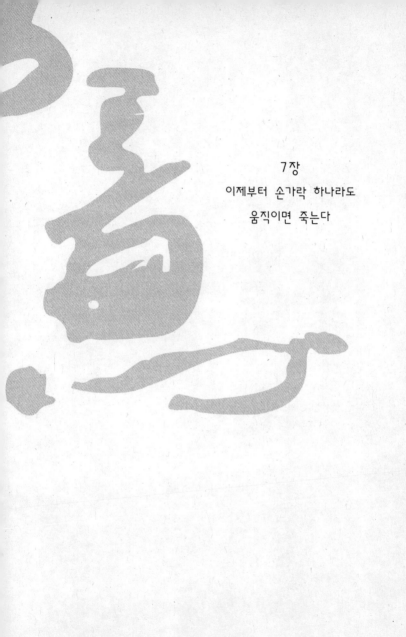

7장
이제부터 손가락 하나라도

움직이면 죽는다

쿵쿵쿵쿵.

심장이 얼마나 빨리 뛰는지 눈앞이 아찔할 지경이었다.

두 다리가 떨려서 그냥 서 있는 것도 버거웠다.

그래도 입술을 꽉 깨문 채 억지로 버텼다.

지금 버티지 못하고 피해 버리면 누구보다 소중한 동료인 임추량을 지킬 수 없기 때문이었다.

"이거…… 재밌군!"

구효서의 뺨이 실룩이는 것을 확인한 담서인이 미간을 찌푸렸다.

'이게 재밌다고?'

사람의 목숨이 왔다 갔다 하는 상황이었다.

방금 전만 해도 담서인은 죽을 각오를 하고 뛰어들지 않았던가?

그런데 구효서는 재미있다고 표현하고 있었다.

그리고 그 말이 너무 화가 났다.

'사람의 목숨을 재미로 여겨도 되는 거야?'

담서인이 입술을 꽉 깨문 채 고개를 숙였다.

그리고 찢어진 손아귀에서 흘러나온 피가 검신을 타고 흘러 바닥에 떨어지는 것을 물끄러미 바라보다가 소리쳤다.

"염노!"

"그래."

"대체 언제까지 버텨야 하는데요?"

"거의 다 됐다."

"그 거의가 대체 언제인데요?"

"지금!"

딸랑.

담서인이 버럭 소리를 지를 때, 용선 고서점의 문이 열렸다.

그리고 열린 문을 통해서 두 명의 노인들이 들어서는 것이 보였다.

미라처럼 삐쩍 말라서 볼품이 전혀 없는 노인과 오 척 단구에 머리가 유난히 큰 노인.

용선 고서점으로 들어서고 있는 두 명의 노인을 확인한

담서인이 길게 한숨을 내쉬며 물었다.

"설마 저게 다예요?"

"그런 것 같다."

"천마를 막을 수 있다면서요?"

"저 두 명이면 충분할 것이다."

"저 두 사람이 누군데요?"

"도황과 검황!"

담서인이 두 눈을 치켜떴다.

저 별 볼 일 없어 보이는 노인들의 정체가 도황과 검황이라니.

노인들의 정체를 알고 나자, 담서인은 저게 다냐며 늘어놓았던 푸념을 거둬들일 수밖에 없었다.

도황과 검황은 그만한 실력이 있는 자들이었으니까.

그리고 그건 구효서의 생각도 마찬가지인 듯 보였다.

담서인에게 흥미를 드러내던 구효서의 관심은 어느새 새로 등장한 도황과 검황에게로 향해 있었다.

풀썩.

그토록 기다렸던 든든한 지원군이 도착하자마자, 담서인이 더 버티지 못하고 그대로 주저앉아 버렸다.

팔을 들어 올릴 힘도 남아 있지 않았다.

그냥 이대로 드러누워서 잠들어 버리고 싶었다.

하지만 아직 할 일이 남아 있었다.

"추량 선배, 괜찮아요?"

"네 눈에는 이게 괜찮아 보이냐?"

담서인이 힘겹게 고개를 돌려서 임추량을 살폈다.

그리고 임추량의 몰골은 불평을 늘어놓는 게 당연할 정도로 형편없었다.

"엄살을 떠는 거 보니 괜찮네요."

"그래, 당장 죽진 않을 것 같다."

내상 때문에 안색이 창백하게 변해 있는 임추량을 보고 있자니 마음이 짠했다.

하마터면 누구보다 소중한 동료인 임추량을 잃을 뻔했다는 사실로 인해 눈시울이 붉어지기 시작했다.

소매를 들어 눈가를 문지른 담서인이 애써 밝은 표정을 지은 채 물었다.

"내 덕분이라는 거 알죠?"

"생색은."

"목숨을 걸었으니 당연히 생색을 내야죠."

"고맙다."

"고마울 것 없어요. 우린 동료니까."

담서인이 헤헤거리며 웃다가 길게 찢어진 손아귀에서 밀려드는 통증 때문에 인상을 찡그렸다.

그리고 애꿎은 도황과 검황에게 불평을 쏟아 냈다.

"조금만 더 빨리 왔으면 좋았을걸."

"원래 높은 자리에 앉아 있는 놈들은 엉덩이가 무거워 느릿한 법이다. 그래도 덕분에 좋은 경험을 했지 않느냐?"

"무슨 좋은 경험요? 죽을 뻔한 경험요?"

슬쩍 끼어든 염노에게 담서인이 두 눈을 부라렸다.

하마터면 죽을 뻔했는데 좋은 경험이라니.

괜히 빈정이 상해서 매섭게 쏘아보았지만, 염노는 전혀 기죽지 않고 덧붙였다.

"적어도 평생 자랑할 거리는 생기지 않았느냐?"

"무슨 자랑거리요?"

"천마와 검을 섞고도 살아남았지 않느냐?"

"뭐, 그건 그렇네요."

듣고 보니 그럴듯했다.

그래서 담서인이 콧김을 내뿜었다.

괴협 백리휴와 낭인제일도 벽두산을 이긴 걸로 모자라, 천마 구효서와 대등하게 검을 섞은 강호의 신성이라면 자랑 거리로 차고 넘쳤다.

그래서 어느새 어깨에 잔뜩 힘이 들어갔던 담서인이 이 내 어깨를 축 늘어트렸다.

자랑도 일단 여기서 살아남아야 할 수 있는 것이었다.

천마 구효서는 여전히 건재했고, 위기는 아직 끝난 것이 아니었다.

"이제 뭘 하죠?"

담서인이 질문하자, 염노가 바로 대꾸했다.

"응원!"

"응원요?"

"그래, 삼황이 천마 구효서를 죽이기를 응원해야지."

담서인이 입을 다물고 고개를 끄덕였다.

염노의 말대로 지금은 응원 말고는 딱히 할 수 있는 게
없었다.

"이겨야 할 텐데!"

바닥에 주저앉은 채, 삼황과 천마 구효서의 대결을 지켜
보던 담서인이 퍼뜩 떠오른 듯 혼잣말을 중얼거렸다.

"대형, 여기 상황이 어떤 줄 알긴 해요? 지금 어디서 뭐
하는 거예요? 죽기 전에 대형을 다시 한 번 더 보고 싶다고
요."

*   *   *

'늦지 않았군!'

용선 고서점으로 들어서고 있는 도황과 검황을 확인한
장훈이 안도의 한숨을 내쉬었다.

사실 마음이 많이 불편했다.

이곳에 머물며 꽤 정이 들어서일까?

담서인이 던지고 있는 원망 섞인 눈초리와 마주할 때마

다 미안한 마음이 들었다.

그리고 임추량이 위험에 처했을 때는 자신도 모르는 사이에 앞으로 나설 뻔했다.

하지만 꽉 쥔 주먹을 결국 풀었다.

그리고 담서인이 던지는 원망 섞인 시선도 애써 외면했다.

그 이유는 독고혜 때문이었다.

임추량과 염노, 담서인이 죽는다면 분명히 마음이 아프리라.

그렇지만 그저 개인의 죽음일 뿐이었다.

그러나 독고혜가 죽는 것은 달랐다.

독고혜의 죽음으로 인해 강호에는 엄청난 피가 흐르게 될 터였다.

그래서 담서인의 원망 섞인 시선을 끝까지 외면할 수밖에 없었다.

'변명이지.'

스스로를 합리화하기 위한 변명일 뿐이었다.

그렇지만 장훈에게는 다른 선택의 여지가 없었다.

"때 맞춰 나타났군."

수라단주였던 임추량이 기대 이상으로 선전을 펼쳤지만, 구효서를 상대하기에는 역부족이었다.

전세를 살피며 독고혜를 살리기 위해 장훈이 스스로 희

생할 각오까지 했을 때, 때마침 도황과 검황이 도착한 셈이
었다.

"혼자 벌벌 떨고 있었던 것 아닌가?"

도황 혁유신이 턱 아래 길게 자란 백염을 매만지며 인사
를 대신해 너스레를 떨었다.

"어찌 알았나?"

"꼭 죽었던 조상이 살아 돌아온 것처럼 반가운 표정이로
구만."

"자네들이 이리 반가웠던 적은 처음일세. 만약 더 늦었
다면 원망했을 게야."

그 너스레를 반가이 받아넘기며, 장훈이 구효서를 살폈
다.

천마 구효서는 분명 대단한 고수였다.

그러나 자신을 비롯한 삼황이 모두 힘을 합쳐 상대한다
면, 감당할 수 있다는 자신이 있었다.

"이쯤에서 멈추시오."

그래서 장훈이 충고를 건넸지만, 구효서는 코웃음을 쳤
다.

"멈추라고? 그럼 내가 멈출 것 같나?"

"다시 한 번 말하지만 구혼독마가 흉수였소."

"헛소리는 집어치워. 그리고 늙은이 셋이서 날 막을 수
있을까?"

"충분히 막을 수 있소."

"감히 나 천마를 막겠다? 그럼 어디 한번 해 봐."

구효서가 본격적으로 마기를 끌어 올리기 시작했다.

꿈틀대기 시작하는 마기를 느끼며 장훈은 구효서가 절대로 멈추지 않을 것임을 깨달았다.

이제 남은 방법은 하나.

구효서를 힘으로 눌러서 막아 세우는 것뿐이었다.

"상황이 상황이니만큼 협공을 하겠소."

지금은 체면 따위가 중요한 것이 아니었다.

그래서 장훈이 염치불구하고 운을 떼자, 구효서는 흔쾌히 수락했다.

"그럼 혼자 덤빌 생각이었나? 실력도 안 되는 주제에. 어디 한 번 힘을 합쳐서 날뛰어 보라고."

자존심이 상하는 말이었지만, 장훈은 이 정도에 격분할 정도로 강호 경험이 일천하지 않았다.

그리고 그것은 검황이나 도황도 마찬가지였다.

차분한 신색을 유지하고 있는 검황과 도황을 곁눈질로 힐끗 살핀 장훈이 서로 눈빛을 교환했다.

자신을 비롯한 삼황의 경지는 이미 초절정.

굳이 합공을 함에 있어서 따로 수련이 필요한 경지가 아니었다.

게다가 이미 오랫동안 알고 지낸 사이인 만큼, 누구보다 서로의 무공에 대해 잘 알았고, 서로를 믿고 있는 사이였다.

"그럼 시작하겠소."

품(品)자 형태로 일찌감치 진영을 짜고 구효서를 가운데에 가둔 장훈이 서서히 진기를 끌어 올렸다.

상대가 천마 구효서인 만큼 진기의 운용을 조절할 여유 따위는 없었다.

처음부터 최선을 다해야 했다.

콰릉.

격황진권세.

장훈이 혼신의 힘을 기울인 일 권을 날리는 것을 신호로, 검황과 도황도 함께 절초를 펼쳐 내기 시작했다.

슈아악.

쐐애액.

엄청난 압력이 일제히 쏟아지고 있음에도 불구하고, 구효서는 전혀 당황한 기색이 아니었다.

그그그.

구효서는 천천히 앞으로 손을 내밀었다.

그리고 그가 앞으로 내밀고 있는 손바닥 위로 검붉은 구가 생긴 후 서서히 형태를 갖춰 갔다.

"갈!"

구효서가 포효하듯 터트린 기합성과 함께 검붉은 구가

셋으로 나눠진 채 허공으로 비산했다.

쾅.

쾅.

콰르릉.

연속적으로 만들어지는 폭음과 함께 장훈의 안색이 순식간에 파리해졌다.

구효서가 만들어 낸 강환의 위력은 엄청났다.

삼황이 심혈을 기울여서 펼쳐 낸 절초들을 한꺼번에 무위로 만들어 냈다.

그리고 그게 끝이 아니었다.

잠시 허공에서 주춤했던 강환들은 기세를 잃어버리지 않은 채 다시 삼황을 향해 쏜살같이 파고들었다.

'손해를 피할 수 없겠군!'

콰직.

장훈이 눈살을 찌푸리며 진각을 내딛었다.

피하려 한다면 가능하겠지만, 그럴 상황이 아니었다.

만약 장훈이 여기서 피한다면, 합공의 틀이 깨어지며 도황과 검황이 위험에 노출되리라.

지금은 손해를 보더라도 저 강환을 막아 내야 했다.

퍼엉.

장훈이 만들어 낸 권기가 강환과 부딪혔다.

검붉은 강기가 투명하게 변하며 허공에서 사라진 순간,

장훈의 입매를 타고 한줄기 선혈이 흘러내렸다.

그러나 장훈은 뒤로 물러나 내상을 다스리는 대신, 남은 진기를 모조리 끌어 올려 또 한 번 권기를 발출했다.

콰가강.

노도와 같이 흘러나오는 권기를 향해 검기가 다가왔다.

바로 뒤이어 도기가 끼어들었다.

그 세 가닥 기운은 서로 부딪히며 상쇄되는 대신, 마치 비탈길을 굴러 내려오는 눈덩이처럼 위력을 키웠다.

우르릉.

백, 황, 홍.

삼황이 현재 펼칠 수 있는 최고의 합공.

본연의 내력이 드러나는 세 가지 색이 겹쳐진 강기의 덩어리가 점점 커지며 구효서를 향해 덮쳐 갔다.

구효서도 이번만큼은 가벼이 보지 못하고 신중한 기색으로 또 한 번 검붉은 강기를 끌어 올렸다.

그렇지만 충분한 시간이 주어지지 않았다.

강기의 덩어리는 구효서를 순식간에 덮쳐 갔고, 장훈이 이번 대결의 승리를 확신했을 때였다.

퍼엉.

엄청난 폭음이 터져 나왔다.

그리고 그 순간, 장훈은 충격의 여파를 감당하지 못하고 뒷걸음질을 쳤다.

쿵쿵쿵.

용선 고서점의 벽에 부딪히고 나서야 간신히 멈춘 장훈이 시커멓게 죽은 선혈을 바닥에 내뱉었다.

'대체 어떻게 된 거지?'

고개를 세차게 흔든 장훈이 장내의 상황을 살폈다.

가장 먼저 바닥에 쓰러진 채 일어나지 못하고 있는 검황이 보였다.

가슴이 움푹 파인 것으로 봐서 갈비뼈가 함몰됐을 것이고, 단번에 절명한 것이 틀림없었다.

그에 반해 구효서는 여전히 두 다리로 굳건히 버티고 서 있었다.

그저 입가에 얼핏 묻어 있는 붉은 선혈이 그의 내상이 결코 가볍지 않음을 알려 주고 있을 뿐이었다.

물론 장훈은 그것으로 만족할 수 없었다.

삼황의 이번 합공은 아무리 천마 구효서라고 해도 저렇게 쉽게 막아 낼 수 있는 공격이 아니었다.

최소한 중상을 입게 만들 수 있다는 확신이 있었는데, 결과는 정반대가 되어 있었다.

'뭔가 잘못됐어!'

장훈이 미간을 찡그린 채 다시 고개를 들었다.

'도황은?'

황망한 시선으로 구효서를 바라보던 장훈이 재빨리 시선

을 돌렸다.

그러나 도황의 모습이 보이지 않았다.

쿨럭.

다시 한 움큼의 선혈을 바닥에 뱉어 낸 장훈의 표정이 일그러졌다.

이렇게 손해를 본 이유를 비로소 알 수 있었다.

노도처럼 흘러나오던 도황 혁유신이 만들어 낸 황색 도기가 마지막 순간에 갑자기 기세가 약해졌기 때문이었다.

'왜?'

의문이 꼬리에 꼬리를 물고 있어났다.

그러나 그 의문을 풀 수는 없었다.

도황 혁유신이 어디론가 사라져 버렸다.

그리고 그는 혼자서 사라진 것이 아니었다.

담서인의 모습도 보이지 않았다.

"쯧쯧. 쥐새끼 같이 생긴 놈에게 속았군!"

구효서가 혀를 끌끌 차며 말했다.

하지만 그 말의 의미를 제대로 파악하기 힘들었다.

그래서 장훈이 다시 한 번 고개를 힘껏 흔들 때였다.

딸랑.

용선 고서점의 문이 열렸다.

그리고 그 문을 열고서 표정이 무섭게 굳어진 철무경이 안으로 들어섰다.

구효서가 진기를 서둘러 일주천시켰다.

삼황의 합공을 받아 낸 후에 내부가 살짝 진탕되긴 했지만, 그렇게 심각한 내상은 아니었다.

그것을 확인하고서 안도의 한숨을 내쉰 구효서가 슬쩍 눈살을 찌푸렸다.

무림맹의 장로를 맡고 있는 삼황의 합공은 매서웠다.

솔직히 말하면 삼황의 진기가 합쳐진 강기의 덩어리가 덮쳐 왔을 때는 간담이 서늘해졌을 정도였다.

'꽤 손해를 볼 거라 예상했는데.'

구효서가 벽에 기대 서 있는 권황 장훈을 힐끗 바라보았다.

왜일까?

마지막 순간에 도황이 휘두른 도가 만들어 냈던 황색 강기가 갑자기 흔적을 찾기 힘들 정도로 약해졌다.

그리고 그 덕분에 구효서는 승기를 잡을 수 있었다.

'도황이란 늙은이가 갑자기 배신을 했다?'

돌아가는 상황으로 보아 이 추측이 거의 확실했다.

물론 구효서는 도황 혁유신이 오랜 친우인 권황과 검황을 배신해 버린 연유에 대해서는 알지 못했다.

그리고 굳이 알고 싶지도 않았다.

어차피 도황 혁유신은 크게 신경 쓸 만한 자가 아니었다.

구효서가 여길 찾아온 가장 큰 이유는 독고혜를 죽이는 것이었다.

그리고 도황 혁유신이 담서인이라는 아직 어린 계집애 하나를 데리고 사라졌지만, 독고혜는 여전히 이곳에 있었다.

'저놈은 누구지?'

매서운 시선으로 독고혜를 노려보던 구효서가 방금 전 용선 고서점으로 들어온 젊은 사내를 힐끗 살폈다.

무서우리만치 표정이 굳어진 젊은 사내를 힐끗 살피다 보니, 이상하게 낯이 익다는 느낌이 들었다.

그러나 구효서는 이내 관심을 거두어들였다.

저 젊은 사내가 누구인가는 어차피 중요하지 않았으니까.

"내 딸이 죽었으니, 너도 죽어야지."

구효서가 감추지 않고 살기를 끌어 올렸다.

그 살기를 접한 독고혜의 신형이 안쓰럽게 느껴질 정도로 바들바들 떨리기 시작했다.

"멈추…… 시오."

살의를 눈치챈 것일까?

심각한 내상을 입은 탓에 신형조차 제대로 가누지 못하면서도 장훈은 기어이 독고혜의 앞을 막아섰다.

"내가 멈출 것 같나?"

구효서가 냉소를 머금은 채 말하자, 장훈의 표정이 굳어졌다.

그리고 이쯤에서 포기할 거라 예상했는데, 장훈은 다른 선택을 내렸다.

"도와주게."

장훈이 도움을 청한 상대는 방금 용선 고서점 안으로 들어섰던 젊은 사내였다.

'저놈이 누군데 도움을 청하지?'

아직 새파랗게 젊은 놈에 불과했다.

아무리 상황이 다급하다고 해도, 저런 젊은 놈에게 대체 뭘 기대한단 말인가?

그래서 구효서가 코웃음을 칠 때였다.

"당신이 내게 그런 부탁을 할 자격이 있소?"

"그건……."

"……."

"미안하네."

장훈이 고개를 숙이며 사과했다.

그 모습을 지켜보던 구효서는 더욱 의아해졌다.

'대체 저놈이 누군데 권황이 고개까지 숙이며 사과하는 거지?'

호기심이 일었다.

그래서 다시 젊은 사내를 살피기 시작했을 때였다.

"그쯤 해."

"그쯤 해? 지금 나한테 한 말인가?"

"그래."

"아직 새파랗게 어린놈이……."

"네 딸내미는 구혼독마가 죽었어. 집안 단속도 제대로 못한 주제에 왜 엉뚱한 데 와서 화풀이를 하고 있는 거야?"

젊은 사내도 앵무새처럼 같은 소리를 늘어놓고 있었다.

"그딴 헛소리는 집어치우고……."

"명심해!"

"……?"

"이제부터 손가락 하나라도 움직이면 죽는다!"

구효서가 입을 다물었다.

저 협박에 겁을 집어먹거나 두려워서가 아니었다.

너무 기가 막혀서 말문이 막힌 것이었다.

"이런 미친놈이……!"

구효서가 더 참지 못하고 살기를 퍼부었다.

일단 저 건방진 새끼의 콧대를 눌러 줄 요량으로 신법을 펼치며 일 권을 날리려던 구효서가 도중에 멈칫했다.

슈아악.

갑자기 눈앞이 캄캄해졌다.

그리고 그물에 단단히 묶인 것처럼 손가락 하나 꼼짝할 수 없었다.

"후우!"

도무지 믿기지 않는 상황에 두 눈을 부릅뜨고 있던 구효서는 지척까지 다가와서 멈춘 젊은 사내의 주먹이 멀어지고 나서야 긴 한숨을 내쉬었다.

두근두근.

심장이 주체하기 힘들 정도로 거칠게 뛰기 시작했다.

이런 경험이 처음이 아니었다.

천하를 모두 덮어 버릴 것 같은 주먹의 주인은 구효서에게 생경하게 느껴지던 공포라는 감정을 전해 주었다.

그리고 지금 그때 느꼈던 공포를 다시 한 번 느꼈다.

"너…… 너는 설마……."

"기억났나?"

"죽은 게 아니었나?"

"내가 쉽게 죽을 것 같던가?"

"그야…… 아니지."

그래, 저 젊은 놈의 말이 맞았다.

그렇게 강한 놈이 그렇게 쉽게 뒈질 리가 없었다.

그래서 한숨을 내쉬고 있을 때였다.

"다시 한 번 말하지만 살고 싶으면 손가락 하나 꼼짝하지 마."

'내가 왜? 너를 상대하려고 폐관 수련까지 마치고 돌아온 나라고!'

이렇게 소리치고 싶었는데 끝내 말이 되어 새어 나오지

않았다.

폐관 수련을 끝마치고 나서 이제는 해볼 만하다고 자신했었는데, 그건 헛된 자신감이었다.

"빌어먹을!"

구효서가 참지 못하고 욕설을 내뱉었다.

하지만 딱 거기까지였다.

머릿속을 지배하고 있는 공포 때문일까?

구효서는 손가락 하나 꿈쩍하지 못하고 눈동자만 데룩데룩 굴리기 시작했다.

철무경이 눈살을 찌푸렸다.

상처를 돌볼 여유도 없었다.

최선을 다해서 신법을 펼치며 용선 고서점으로 돌아왔다.

그러나 조금 늦어 버렸다.

천검이 경고한 대로, 담서인을 지키는 데 실패하고만 셈이었다.

담서인이 납치됐다는 사실을 깨달은 순간, 마음이 조급해졌다.

지금 당장이라도 그녀를 찾아 나서고 싶었다.

하지만 철무경은 애써 급해지는 마음을 억눌렀다.

만약 담서인을 죽이는 것이 목적이었다면, 굳이 번거롭게 납치를 할 이유는 없이 이곳에서 죽였을 터였다.

도황 혁유신이라면 그럴 능력이 충분했으니까.

　그러나 담서인을 죽이지 않고 납치했다는 것은 이용가치가 있다고 판단했기 때문일 것이었다.

　실제로 천검도 말하지 않았던가?

　담서인이 바로 자신의 가장 큰 약점이라고.

　철무경에게는 천검이 담서인을 죽이지 않을 거라는 확신이 있었다.

　충격을 받은 표정을 감추지 못하고 망연자실한 기색으로 서 있는 구효서를 일별한 철무경이 우선 임추량에게 다가갔다.

　"괜찮나?"

　"난 괜찮습니다. 그보다…… 미안합니다."

　"미안해할 것 없다."

　"하지만……."

　"네 실수가 아니다."

　"……."

　"내 실수였다."

　이건 임추량의 탓이 아니었다.

　이런 변수가 발생할 것을 미리 예상하고 대비하지 못했던 자신의 탓이었다.

　그래서 자책하고 있을 때, 임추량이 물었다.

　"왜 서인이를 납치한 겁니까?"

"나 때문이다."

"대형 때문이라고요?"

"그래. 그 녀석이 내 약점이라는 사실을 알아챈 거지."

철무경의 대답을 들은 임추량이 쓰게 웃었다.

"내가 충고했잖습니까? 사랑 따윈 하지 말라고."

"그게 뜻대로 되지 않더구나."

"항상 그게 문제죠."

"그렇구나."

"그래도 좋네요."

"뭐가 좋단 거지?"

"대형이 이제야 사람답게 느껴지니까요."

"……."

"그리고 한 가지는 확실하네요."

"뭐가 확실하다는 거지?"

"누군지 몰라도 대형을 무척 두려워하고 있다는 것."

"우선 내상부터 다스려라."

임추량의 어깨를 툭툭 두드려 준 철무경이 다음으로 염노를 찾았다.

"너무 걱정하지 말게. 죽이지는 않을 테니까."

"알고 있습니다."

"어떻게 할 텐가?"

"찾아야죠."

"그럴 줄 알았지."

"동료니까요."

"그게 다인가?"

염노가 짓궂은 표정을 지은 채 묻는 말에 대답하지 않고, 철무경이 재빨리 화제를 돌렸다.

"꽤 오래 준비를 했습니다."

"구혼독마와 도황을 포섭했으니까 나름 철저하게 준비했군."

"이게 다가 아닐 겁니다."

"알고 있네. 누군지 짐작이 가나?"

철무경이 고개를 끄덕였다.

천검이 준비한 마지막 패가 누군지 짐작이 갔다.

하지만 그자를 상대하는 건 차후의 문제였다.

지금 급한 것은 납치당한 담서인을 다시 되찾는 것이었다.

"이 녀석이 다시 활약할 시간이 왔군!"

캬르릉.

염노가 목덜미를 쓰다듬자, 철무경의 품속에 안겨 있던 추향묘가 날카로운 이빨을 드러냈다.

"바로 갈 텐가?"

"지금 움직일 겁니다."

"우린 뭘 할까?"

"아무것도."

"아무것도 하지 마라?"

"저 때문에 위험에 처한 아이입니다. 그러니 제가 책임 지고 데려오겠습니다."

뭔가 할 말이 남은 듯 보이는 염노를 외면한 철무경이 그냥 지나치려다가 한숨을 내쉬며 독고혜의 앞으로 다가갔다.

바들바들.

평소에는 애써 대범한 척 했지만, 독고진의 품안에서 온실 속의 화초처럼 자라온 독고혜였다.

죽음이라는 공포가 코앞으로 밀려들자 그녀는 공포에 질려 있었다.

"언니는…… 무사하겠죠?"

"그러길 기도해야지."

"이것도 전부 나…… 때문인가요?"

"네 책임도 있지."

"하지만……."

"이런 일이 생길지 몰랐다고 말하고 싶겠지?"

"……."

"미안하다."

철무경이 갑자기 미안하다는 말을 던지자, 말귀를 제대로 파악하지 못한 독고혜가 두 눈을 깜박였다.

그러나 철무경은 더 자세히 설명하는 대신 신형을 돌렸다.

이제 정말 담서인을 찾아 나설 시간이었다.

설령 그 끝에 엄청난 함정이 기다리고 있다고 하더라도, 여기서 멈추고 포기할 수는 없었다.

"찾아!"

철무경의 품속에 안겨 있던 추향묘가 빠져나왔다.

야아옹.

바닥에 대고 코를 킁킁거리던 추향묘가 방향을 잡고 빠르게 움직이기 시작했다.

그리고 철무경이 지체하지 않고 추향묘의 뒤로 따라붙었다.

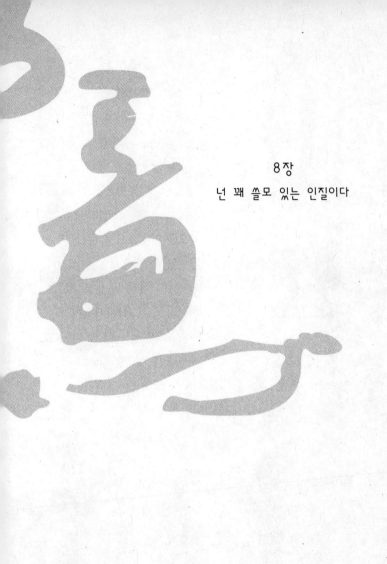

8장
넌 꽤 쓸모 있는 인질이다

'여긴 어디지?'

담서인이 조심스레 눈을 떴다.

간밤에 잔뜩 마신 술 때문에 숙취가 찾아온 것처럼 머리가 깨질듯이 아팠다.

무심코 물을 가져오라고 소리치려다가 도중에 입을 다물고 두 눈을 몇 번 깜박였다.

가장 먼저 눈에 들어온 것은 군데군데 금이 가 있는 낡은 흙벽과 팔 한쪽이 부서진 관운장의 동상이었다.

'관제묘?'

눈치 빠르게 지금 장소를 파악한 담서인이 살짝 고개를 돌리다가 움찔하며 눈을 감았다.

삐쩍 마른 노인과 눈이 마주쳤기 때문이었다.

재빨리 눈을 감고 아예 죽은 것처럼 미동도 하지 않았지만, 담서인의 연기는 먹히지 않았다.

"깨어난 것 알고 있다."

"헤헤, 어떻게 아셨어요?"

"짚었던 수혈을 풀어 주었으니까."

"에이, 미리 말씀해 주셨다면 연기하느라 애를 안 써도 됐을 텐데."

담서인이 대답을 꺼내며 분주히 눈치를 살폈다.

마지막 기억은 용선 고서점에서 끊겼다.

'어디까지였더라?'

천마 구효서가 용선 고서점에 찾아왔을 때만 해도 꼼짝없이 죽었다고 생각했다.

하지만 기적적으로 살 길이 생겼다.

무림맹의 삼장로인 삼황.

그들이 때마침 등장한 순간, 담서인은 안도했다.

그리고 거기서 기억이 끊겼다.

엄청난 폭음과 함께 먼지가 자욱하게 일어나 시야가 가려졌고, 다시 눈을 떴을 때는 이 허름한 관제묘 안이었다.

"먹어라."

담서인이 기억을 더듬고 있는 사이, 삐쩍 마른 노인이 육포를 건넸다.

그리고 담서인은 지금 눈앞에 앉아 있는 볼품없는 삐쩍 마른 노인의 정체를 기억하고 있었다.

'도황 혁유신!'

사양하지 않고 육포를 받아 들며 담서인이 조심스럽게 물었다.

"왜 우리가 여기 있는 거죠? 그것도 단 둘이? 혹시……."

"혹시 뭐냐?"

"제게 흑심을 품으신 건 아니죠?"

"사내가 아니었더냐?"

"뭐, 일단 흑심을 품은 게 아닌 건 확실한 것 같네요."

담서인이 안도의 한숨을 내쉬는 사이, 혁유신이 다시 입을 뗐다.

"아직 상황 파악이 잘 안 되는가 보구나."

"사실 그래요."

"간단하게 설명하면 내가 널 납치했다."

"납치요? 왜요? 우린 같은 편이었잖아요?"

혁유신은 분명히 무림맹의 장로였다.

그런만큼 당연히 같은 편이라 여겼는데 왜 그가 자신을 납치했는지 제대로 이해가 가지 않았다.

"흥, 누가 같은 편이란 말이냐?"

"우리요."

"우리?"

"사악한 마교의 교주인 천마 구효서와 맞서 싸우기 위해서 힘을 합친 우리는 정의로운 착한 편이잖아요."

담서인이 열변을 토했지만, 혁유신은 동조하는 기색이 아니었다.

피식, 실소를 흘리며 입을 열었다.

"틀렸다."

"틀렸어요?"

"우린 같은 편이 아니다."

"……."

"순진하구나. 이 세상에 사악하거나 정의로운 편은 없다. 다 각자의 신념과 이익에 따라서 움직일 뿐이지."

혁유신의 말은 제대로 알아듣기 힘들었지만, 담서인은 지금 자신이 처한 상황이 어떤가는 확실히 알 수 있었다.

"그러니까 우린 같은 편이 아니다?"

"그렇지."

"그럼 제가 인질인 거네요?"

"그런 셈이지."

"아무래도 착각하신 것 같은데요?"

"착각?"

"어르신이 잘 모르셨나 본데, 제가 인질로 쓸모가 있을 정도로 가치 있는 사람이 아니거든요. 큰 부자도 아니고, 부자인 부모를 둔 것도 아니에요. 그리고 모아 둔 돈도 없어요. 아, 솔직히 말하면 몰래 모아 둔 돈이 조금 있긴 하지만…… 진짜 어르신이 탐내실 정도로 많진 않아요."

담서인이 친절하게 설명했지만, 혁유신은 고개를 흔들었다.

"착각한 게 아니다."

"하지만……."

"넌 꽤 쓸모 있는 인질이다."

"……?"

"철무경의 유일한 약점이니까."

혁유신의 입에서 대형의 이름이 흘러나온 순간 조금 놀랐지만, 담서인은 이번에도 차분하게 질문했다.

"제가 대형의 약점이라고요?"

"맞다."

"착각이라니까요. 제가 갑자기 사라진다고 해도 대형은 눈도 꿈쩍하지 않을 거예요."

"틀렸다. 철무경은 널 찾기 위해 움직일 것이다."

"왜 그렇게 생각하는데요?"

"철무경이란 놈이 널 좋아하니까."

"말도 안 돼!"

"틀림없다."

"하지만……."

"내 말이 틀리지 않았다. 철무경이란 놈이 벌써 널 찾기 위해서 움직인 것이 그 증거지."

담서인이 입을 다물고 얼굴을 붉혔다.

오랫동안 대형을 좋아했다.

그리고 대형의 사랑을 받고 싶었다.

하지만 그저 이루어질 수 없는 바람이라고 생각했는데…… 그 바람이 마침내 이루어졌다.

그런데 생각보다 기쁘지 않았다.

'왜 하필 지금인 거야?'

상황이 너무 좋지 않았다.

어쩌면 인질이 된 자신 때문에 대형이 위험에 빠질지도 모른다는 생각이 들자, 담서인의 낯빛이 어두워졌다.

"뭔가 단단히 착각하고 계신 것 같네요."

"아까도 말했지만 착각을 한 적 없다."

"우리 대형이 그렇게 대단한 사람이 아니거든요."

"그는 대단한 자다."

"하지만……."

"천마 구효서에게 공포를 심어 줄 수 있는 무인은 이 강호에 그를 제외하고 존재하지 않는다."

혁유신의 이야기를 듣고 있던 담서인이 입을 헤 벌렸다.

'정말일까?'

의심이 깃드는 한편, 염노가 했던 말이 불쑥 떠올랐다.

"마교? 별거 아냐. 맘만 먹으면 우리가 강호도 접수할 수 있지."

그냥 치매 걸린 노인의 헛소리라고 생각했었는데.

염노는 제정신이 아닌 노인이 아니었다.

만박자 염익이 염노의 진짜 정체였다.

그런 염노가 헛소리를 지껄일 리가 없었다.

"이제 큰일 났네요."

"뭐가 말이냐?"

"그쪽이 그렇게 무서워하는 대형의 정인인 날 납치했으니까. 우리 대형이 가만있을 것 같아요?"

"내 걱정까지 해 줄 건 없다."

"왜요?"

"아무 대책도 없이 널 납치하진 않았으니까. 널 구하기 위해서 찾아오던 도중에 철무경은 죽을 것이다."

담서인이 혁유신을 빤히 바라보았다.

순순히 믿고 싶지 않았지만, 지금 이 말을 꺼낸 것이 다름 아닌 도황 혁유신이기 때문에 불안감이 엄습했다.

"그쯤 하고 얼른 먹기나 하거라. 갈 길이 머니까."

담서인이 시키는 대로 육포를 입으로 가져갔다.

그리고 바싹 말라서 질기디질긴 육포를 질겅질겅 씹으면서 담서인이 속으로 기도했다.

'대형, 오지 마세요! 나 같은 건 잊어버리고 행복하게 사세요!'

하지만 이내 고개를 흔들었다.

철무경은…… 담서인이 지금껏 알아 왔던 대형은 절대로 자신을 포기하지 않을 것이었다.

설령 지옥 끝까지라도 자신을 구하기 위해 찾아오리라.

'대형, 보고 싶어요!'

담서인이 두 눈을 감았다.

그러자 걱정하지 말라는 듯 환하게 웃고 있는 철무경의 얼굴이 떠올랐다.

"도무지…… 이해가 안 되는군!"

내상이 심각한 탓에 권황 장훈의 낯빛은 창백했다.

그러나 내상 때문만은 아니었다.

도황 혁유신.

이미 수십 년간 알고 지내 오며 깊은 교분을 나누었던 친우였다.

그런 혁유신의 배신이 장훈에게 내상 못지않은 커다란 상처를 남긴 것이었다.

"대체 그 친구가 왜 그랬을까?"

아무리 생각해 봐도 답을 찾을 수 없었다.

그래서 답답한 표정으로 혼잣말을 꺼내고 있는 사이, 염노가 불쑥 끼어들었다.

"그럼 구혼독마가 구묘령을 죽인 건 이해가 가는가?"

염노는 해답을 제시해 주지 않았다.

도리어 또 다른 질문을 던져서 장훈은 더욱 혼란스럽게 만들었다.

"역시 이해가 가지 않소."

"난 이해가 가네."

"……?"

"모든 건 신념 때문이네."

"신념?"

"바라보는 곳이 전혀 다르니 보통 사람들은 이해할 수 없는 선택을 내린 게지."

대체 무슨 뜻일까?

염노의 진짜 정체는 만박자 염익이었다.

그런 그가 실없는 헛소리를 늘어놓을 리 없다는 생각을 하며, 장훈이 두 눈을 가늘게 떴다.

"도황이 변절했다는 뜻이오?"

"변절이라? 자네 입장에서는 그리 느낄 수도 있겠군."

"그게 아니라면……."

"도황이나 구혼독마 입장에서는 신념이 바뀐 것일 뿐이 겠지."

얼핏 듣기에는 말장난처럼 느껴졌다.

그러나 장훈은 바로 반박하지 못하고 생각에 잠겼다.

한 조직에 속한 채 같은 곳을 바라보던 동료가 다른 곳을 바라본다고 해서 변절자라고 할 수 있을까?

어차피 모두 각자의 신념과 이익에 따라 움직이기 마련이었다.

그리고 그것을 인정하자, 비로소 구혼독마와 도황 혁유신의 행동이 이해가 가기 시작했다.

"그들은 무엇을 바라보고 있소?"

"새로운 강호겠지."

"새로운 강호?"

"적어도 지금과는 다른 강호겠지."

염노의 대답을 들은 장훈이 고개를 끄덕였다.

현실에 만족하지 못하기 때문에 불만이 쌓이고, 그래서 다른 곳을 바라보기 마련이었다.

그리고 구혼독마와 도황에게 새로운 강호가 존재한다는 것을 보여 준 누군가가 존재할 터였다.

'그게 누굴까?'

장훈이 생각에 잠긴 사이, 염노가 다시 입을 열었다.

"자넨 안심하고 있겠지?"

"솔직히 그렇소."

예기치 못한 질문이었기에 살짝 당황했지만, 장훈은 순순히 인정했다.

비록 담서인이 납치를 당하긴 했지만, 독고혜는 무사했다.

장훈의 입장에서 가장 중요하다고 할 수 있는 독고혜의 안위를 확보한 상황이니 안도할 수밖에 없었다.

"오판일세."

"오판?"

"만약 서인이가 무사하지 못한다면 강호는 엄청난 위기에 처할 거야."

"흐흠!"

장훈이 침음성을 터트렸다.

염노의 지적 덕분에 지금껏 간과하고 있던 부분을 깨달았다.

철무경은 엄청난 고수였다.

천마 구효서를 단순히 제압한 게 아니라, 아예 전의까지 꺾어 놓았을 정도로.

'그런 그가 진심으로 분노한다면 어떻게 될까?'

장훈의 표정이 순간 굳어졌다.

그러나 이내 표정을 풀었다.

철무경이 아무리 엄청난 고수라 해도, 결국은 개인일 뿐이었다.

혼자서 할 수 있는 것에는 한계가 존재했다.

그런 장훈의 속내를 읽었을까?

염노가 두 눈을 응시하며 덧붙였다.

"혼자가 아닐세."

"혼자가 아니다?"

"우리도 가만히 있지 않을 생각이거든."

장훈이 염노와 임추량을 힐끗 살폈다.

만박자 염익과 수라단주 임막영.

이 두 사람도 대단한 고수였다.

그리고 무시할 수 없는 영향력을 가지고 있었지만, 그렇다 해도 결국 셋일 뿐이었다.

하지만 염노는 이번에도 속내를 읽은 듯 고개를 흔들었다.

"우리 셋이 다가 아닐세."

"……?"

"무경이가 그동안 부지런히 씨앗을 뿌려 두었거든."

"씨앗?"

"그래, 씨앗."

장훈은 호기심이 일었지만, 염노는 더 자세히 설명해 주는 대신, 신형을 일으켰다.

그리고 임추량과 함께 용선 고서점을 나가기 직전 신형을 돌렸다.

"우리가 돌아올 때까지 여길 부탁하네."

"그렇지만……."

주인 없는 용선 고서점을 꼼짝없이 떠맡게 돼서 당황하고 있는 장훈에게 염노가 웃으며 덧붙였다.

"서인이가 무사히 돌아오길 기도하는 게 좋을 거야. 만약 안 그러면…… 정말 끔찍한 일이 벌어질 테니까."

*　　*　　*

카르릉.

마치 신법을 익힌 고수처럼 수풀이 우거진 공터를 빠른 속도로 가로지르고 있던 추향묘가 갑자기 멈추었다.

잔뜩 웅크린 채 하얀색 털을 곤두세우고 있는 추향묘를 발견한 철무경도 천천히 걸음을 멈추었다.

추향묘는 뛰어난 후각으로 위험을 감지했으리라.

그리고 철무경은 날이 잔뜩 선 감각으로 공터 곳곳에 은신하고 있는 자들의 존재를 깨달았다.

"잠시만 기다리거라."

추향묘의 머리를 쓰다듬어 준 철무경이 적혈검을 꺼내 들었다.

이제부터는 시간과의 싸움이었다.

그래서 조금 손해를 본다고 하더라도 정면 돌파를 선택했다.

'전부 열둘!'

공터 곳곳에 은신하고 있는 자들의 수는 모두 열둘이었다.

어지간한 무인이라면 은신하고 있다는 사실조차 알아채지 못할 정도로 뛰어난 은신술이 이들이 빼어난 살수라는 것을 알려 주었다.

'수호신보!'

철무경은 굳이 감추지 않고 모든 것을 꺼내 놓았다.

샤샤삭.

풀잎을 밟고 이동하는 신법인 초상비와 흡사하지만, 더욱 빠르고 은밀한 신법인 수호신보를 밟아서 은신하고 있는 살수들을 향해 파고들었다.

은신한 위치를 정확히 파악하고 접근하자 바위 뒤에 기척을 숨기고 숨어 있던 살수가 당황하며 처음으로 기척을 드러냈다.

쐐애액.

쩡.

날카로운 비수가 날아들었지만, 철무경은 당황하지 않고 적혈검으로 쳐 내서 방향을 바꾸었다.

비수를 쳐 낸 적혈검은 멈추지 않고 그대로 바위를 꿰뚫었다.

단단한 바위였지만 적혈검 앞에서는 두부처럼 베어졌다.

그리고 적혈검은 바위 뒤에 은신하고 있던 살수의 가슴

까지 길게 베고 지나갔다.

서걱.

운신이 불가능할 정도로 꽤 깊은 상처였지만 비명 소리
는 없었다.

쩌엉.

대신 병기 소리가 흘러나왔다.

철무경이 조금 전 쳐 낸 비수는 또 다른 살수가 은신하고
있는 방향으로 정확히 향했고, 당황한 살수는 비수를 막기
위해 단검을 휘둘렀다.

그리고 철무경은 그 기회를 놓치지 않고 번개 같이 움직
여 다시 적혈검을 내밀었다.

푹.

심장을 노리고 파고들었던 적혈검은 살수의 어깨를 꿰뚫
는 데서 그쳤다.

그사이, 장내에는 변화가 생겼다.

'은신처가 바뀌었다!'

동료 살수들이 위험에 처했음에도 나머지 살수들은 도와
주기 위해 나서지 않았다.

대신 그 틈을 이용해 은신 위치를 바꾸었다.

스르륵.

철무경이 적혈검을 거두어들인 채 두 눈을 가늘게 떴다.

바뀐 은신 위치를 파악하는 것은 어렵지 않았다.

그러나 함부로 움직일 수가 없었다.

협공을 위한 완벽한 위치 선정.

먼저 움직인다면 피하는 것이 불가능한 협공이 파고들리라.

어느 누구도 움직이지 못하는 가운데 정적이 흘러갔다.

끼루룩. 끼루룩.

풀벌레 소리가 그 정적을 깨트리는 가운데 철무경은 점점 조급해졌다.

'손해를 감수한다!'

마음이 더 급한 것은 철무경이었다.

그래서 적잖은 손해를 감수하더라도 먼저 움직이기로 막 결심을 했을 때였다.

푹.

"크흑!"

누군가의 비명 소리가 흘러나왔다.

그리고 팽팽한 대치를 깨트린 것은 바로 괴협 백리휴였다.

"가!"

"여긴 어떻게?"

"우연히 지나가는 참이었어. 그냥 가려고 했는데 쥐새끼들 몇 마리가 숨어 있길래 호기심이 생겨서 말이지."

우연일 리가 없었다.

괴협 백리휴는 일부러 이곳을 찾은 것이었다.

"얼른 가. 바빠 보이는구만."

"하지만……."

"덕분에 다시 검을 쥘 수 있게 됐어. 빚은 갚아야지. 내가 빚을 지고는 못 사는 성미라서 말이지"

"그럼…… 사양하지 않겠소."

괴협 백리휴에게만 맡겨 두기에는 위험한 상대들이었다.

그러나 철무경에게는 시간이 없었다.

그래서 고개를 끄덕인 철무경이 걸음을 옮길 때였다.

슈악.

슈아악.

새하얀 비수 두 자루가 갑자기 날아들었다.

그리고 그 비수가 노리는 것은 철무경이 아니었다.

카르릉.

두 자루의 비수가 노린 것은 추향묘였다.

담서인을 추적하는 철무경의 발을 묶기 위한 선택.

꽤나 영리한 선택이었지만, 살수들은 추향묘를 너무 쉽게 여긴 실수를 범했다.

추향묘는 영물답게 공중으로 뛰어올라 작은 신형을 비틀며 간발의 차로 비수들을 피해 냈다.

그리고 철무경은 그 사이에 비수를 날린 두 명의 살수들을 처리했고, 괴협 백리휴도 놀고 있지 않았다.

푹.

괴협 백리휴가 살수들의 진영이 무너진 틈을 놓치지 않고 근처에 있던 살수의 심장을 검으로 꿰뚫었다.

다시 시작된 팽팽한 대치.

"이젠 할 만해졌군."

괴협 백리휴가 만족스럽게 웃으며 어서 가라고 고갯짓을 했다.

철무경도 가볍게 고개를 끄덕인 후, 걸음을 옮기기 시작했다.

자박자박.

살수들은 철무경이 공터를 벗어날 때까지 움직이지 못했다.

마차는 무척 심하게 흔들렸다.

작은 창조차 없어 밖을 전혀 내다볼 수 없기에 멀미가 더욱 심하게 찾아왔다.

"잠깐 쉬었다가 가면 안 될까요?"

"……."

"소변이 급해서 그래요. 진짜예요."

"잠시 멈추게."

담서인이 다급한 목소리로 말하자, 맞은편에 앉아서 깊이 잠든 것처럼 눈을 감고 있던 혁유신이 한숨을 내쉬며 허락했다.

마차가 멈추자마자, 담서인은 바로 마차 밖으로 빠져나왔다.

'여기가 대체 어디야?'

관제묘에서 육포 몇 조각을 얻어먹고 바로 마차에 올라탔다.

그리고 꼬박 하룻밤을 쉬지 않고 달려온 셈이었다.

일단 어디로 끌려가고 있는지 파악하는 게 급선무라고 판단한 담서인이 마차에서 조금씩 멀어지며 주변을 살폈다.

어스름한 새벽의 기운이 어둠을 천천히 밀어내고 있었다.

하지만 수풀이 우거진 관도라는 것 외에 현재 위치를 알아낼 수 있는 특별한 것은 보이지 않았다.

"표식을 남길까?"

대형이 자신을 찾아오려면 뭔가 표식을 남기는 것이 필요했다.

부욱.

급한 대로 옷이라도 찢어서 나뭇가지에 묶으려던 담서인이 그만두었다.

광활한 대륙에 옷가지 하나 묶어 놓는다고 해도 아무런 표식이 되지 않을 거란 생각이 들어서였다.

"그럼 도망칠까?"

우거진 수풀 사이로 몸을 숨긴 채 담서인이 마차의 동정을 살폈다.

혁유신은 여전히 마차 안에만 틀어박혀 있었고, 자신을 감시하고 있는 자들의 기척도 느껴지지 않았다.

그래서 살금살금 도망치려던 담서인이 이내 걸음을 멈추었다.

상대는 도황 혁유신이었다.

담서인이 아무리 도망쳐 봐야 그의 손아귀를 빠져나갈 수 없다는 결론이 나왔다.

"그냥 대형을 믿고 기다리자."

담서인이 양어깨를 축 늘어트린 채 다시 마차로 돌아왔다.

그리고 혁유신의 맞은편에 앉자, 마차가 다시 덜컹거리며 출발했다.

딱히 할 일을 찾지 못한 담서인을 잠을 청하기 위해서 눈을 감으려 할 때, 혁유신이 입을 열었다.

"도망이라도 치지 그랬느냐?"

"왜요?"

"그럼 도망치는 걸 잡다가 실수로 죽여 버렸다고 하고 이 귀찮은 일을 끝낼 수 있었을 텐데."

처음에는 혁유신 나름의 농담이라고 생각했다.

하지만 진지한 혁유신의 표정을 보고 농담이 아니라는 사실을 곧 깨달았다.

그리고 이 말을 통해서 담서인은 깨달았다.

혁유신 역시 이번 일을 탐탁치 않게 여기고 있다는 사실을.

"도망치지 않길 잘했네요."

"……."

"하나만 물어도 돼요? 우리 지금 어디로 가고 있는 거예요?"

"일검에게 간다."

"일검? 사람인가요?"

"그래. 너도 잘 아는 사람이지."

'내가 잘 아는 사람?'

혁유신이 나름 친절하게 설명해 주었지만, 담서인은 딱히 짐작이 가는 사람이 없었다.

그저 꽤나 대단한 사람이겠구나 하는 생각이 다였다.

그래서 고개를 갸웃거리던 담서인이 다시 물었다.

"그럼 혹시 도황 어르신은 몇 검인가요?"

"난…… 이검이다."

어차피 죽일 생각이어서일까?

아니면, 혁유신도 마차 안에 이어지던 긴 침묵이 지겨워서일까?

혁유신은 의외로 순순히 대답해 주었다.

담서인이 기회를 놓치지 않고 다시 물었다.

"아까 일검을 만나러 간다고 하셨잖아요?"

"그랬지."

"일검이 어르신보다 더 높은 건가요?"

"그런 셈이지."

"하나만 더요."

"……."

"일검 위에도 누가 있나요?"

"천검이 있다."

일검 위에 천검이 또 존재한다니.

"좀 이상하네요."

"뭐가 이상하다는 거지?"

"어르신은 도를 쓰시는데 왜 이검이세요?"

"그건…… 솔직히 나도 마음에 안 든다."

혁유신이 슬쩍 미간을 찌푸렸다.

그리고 잠시 망설이던 그가 인심 쓰듯 말했다.

"비살문이 실패했다."

"비살문? 비살문!"

갑자기 흘러나온 비살문이라는 이름을 되뇌던 담서인이
놀란 표정을 감추지 못하고 드러냈다.

비살문은 중원 제일의 살수 조직.

그들이 작심하면 천하에 죽이지 못할 자가 없다고 알려
져 있었다.

그런 그들이 나섰다는 것만 해도 놀라운 일인데, 살행에
실패했다는 것은 더 놀라운 소식이었다.

"누굴 죽이려고 했는데요?"

"정말 몰라서 묻는 거냐?"

"설마……."

"그래, 철무경이다."

"아, 다행이다."

"비살문 특급 살수 열둘이 나섰는데 실패했다는구나. 하
지만 아직 끝이 아니다. 아니, 이제 시작이지."

철무경이 무사하다는 소식에 안도하던 담서인의 표정이
어두워졌다.

비살문의 특급 살수들은 겨우 시작일 뿐이라고 했다.

그렇다면 나머지는 얼마나 대단할까?

'대형, 무사해야 해요.'

담서인이 두 손을 꼭 모은 채 간절히 바랐다.

그 사이에도 마차는 일검을 향해 부지런히 달려가고 있
었다.

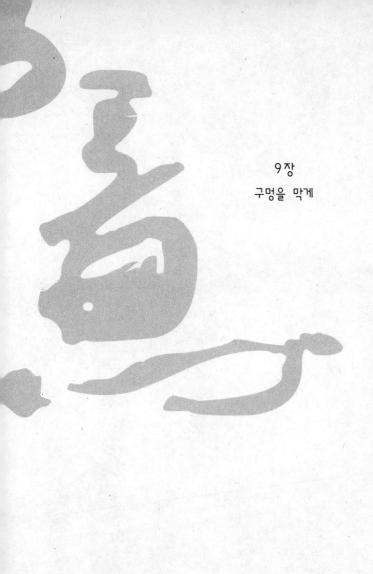

9장
구멍을 막게

카르릉.

잠시도 쉬지 않고 달리던 추향묘가 다시 멈추었다.

아침 해가 산등성이 위로 막 얼굴을 내밀었을 때, 추향묘
는 고개를 갸웃거리며 뒤로 물러났다.

어서 처리하라는 듯 뒤로 물러나서 숨을 고르는 추향묘
를 살핀 철무경이 망설이지 않고 앞으로 나섰다.

드넓은 관도를 꽉 메우고 있는 것은 각양각색의 인물들
이었다.

'누굴까?'

철무경이 아무렇게나 흩어진 채 서 있는 사내들을 살폈
다.

정제되지 않은 기운을 뿜어내고 있는 사내들의 정체가 낭인들이라는 것은 이내 알 수 있었다.

그리고 철무경은 곧 낯익은 얼굴을 찾아냈다.

낭왕 함병호.

커다란 박도를 어깨에 걸친 채 낭인들 가운데 서 있는 자는 바로 낭인들의 왕이라 불리는 함병호였다.

"철무경, 맞나?"

"그래. 누가 보냈지?"

"우리야 돈을 받고 움직이는 낭인들 아닌가? 물주가 누구인가는 중요치 않아. 돈을 받고 죽이기만 하면 끝이지."

함병호는 사주자를 밝히지 않았다.

그러나 철무경은 대충 짐작이 갔다.

처음은 비살문의 특급 살수들이었다.

비살문의 살수, 그것도 특급 살수들을 움직이는 데는 일반인이 상상하기 힘든 거액이 들었다.

그런 특급 살수들을 열둘이나 움직였으니 얼마나 많은 돈이 들었을지 짐작조차 제대로 가지 않았다.

그리고 그게 다가 아니었다.

낭왕 함병호는 몸값이 비싸기로 소문난 낭인이었다.

그런 낭왕 함병호를 움직였고, 낭인들의 세계에서도 실력자로 손꼽히는 자들을 서른 가까이 움직였으니 엄청난 거액이 들었으리라.

이 정도 자금을 움직일 수 있는 곳은 손에 꼽을 수 있었다.

'일검!'

철무경이 슬쩍 눈살을 찌푸렸다.

처음에는 일검의 정체에 대해서 막연히 짐작했을 뿐이었지만, 점점 그 짐작이 확신으로 변해 가고 있었다.

"후회하게 될 거요."

철무경이 혼잣말을 중얼거리는 사이, 함병호가 한쪽 입꼬리를 말아 올렸다.

"우리가 후회할 거라고? 아직 상황 파악이 전혀 안 되는가 보군!"

함병호의 이야기를 들은 철무경이 적혈검을 꺼내 들었다.

일검을 만나는 건 아직 훗날의 일이었다.

지금 당장 급한 것은 자신의 앞을 가로막고 있는 낭왕 함병호를 비롯한 낭인들을 가능한 빨리 처리해야 했다.

그래야 담서인과의 거리를 조금이라도 좁힐 수 있었으니까.

하지만 상대가 만만치 않았다.

낭왕 함병호는 대단한 고수였고, 그가 수하처럼 부리고 있는 낭인들도 일류를 상회하는 고수들이었다.

'속전속결!'

잠시 낭인들을 살피던 철무경이 결정을 내렸다.

가능한 빨리 승부를 결정짓기 위해서 가장 중요한 것은 낭인들의 중심이라 할 수 있는 함병호를 최대한 빠르게 제압하는 것이었다.

자신과 수하들의 실력을 믿고 있기 때문일까?

함병호는 여전히 느긋한 자세였다.

'수호섬광보!'

두 눈을 빛내며 철무경이 진기를 끌어 올렸다.

철무경이 익힌 수호문의 독문무공 가운데 신법은 두 가지가 존재했다.

수호신보와 수호섬광보.

그 가운데 비살문 살수들을 상대할 때 사용했던 수호신보는 은밀함이 장기였다.

그에 반해 지금 펼치려는 수호섬광보는 순간적으로 엄청난 속도를 발휘하는 신법이었다.

슈아악.

수호섬광보를 펼친 철무경의 신법이 활처럼 빠르게 쏘아져 나갔다.

약 십여 장 가량 떨어져 있던 함병호와의 거리는 순식간에 좁혀졌다.

"어……!"

기습에 당황한 함병호가 어깨에 걸치고 있던 박도를 재빨리 끌어 내렸다.

찌엉.

적혈검과 박도가 부딪힌 순간, 기습에 제대로 대응하지 못한 박도가 밀리며 가슴에 허점이 생겼다.

그 빈틈을 놓치지 않고서 철무경이 재차 적혈검을 휘둘렀다.

창.

서걱.

이번 공격으로 승부를 끝 낼 요량이었지만, 낭왕이라는 별호를 얻은 고수답게 함병호도 만만치 않았다.

박도를 포기하는 대신 왼손으로 허리에 걸려 있던 단도를 들어 올려 적혈검을 쳐 냈다.

그로 인해 마지막 순간 방향이 바뀐 적혈검은 함병호의 어깨를 베고 지나가는 것에 그쳤다.

그리고 두 번의 기회는 없었다.

샤사사삭.

함병호가 위기에 처하자 낭인들이 빠르게 움직여 함병호를 둘러쌌다.

왼쪽 어깨의 상처를 지혈하고 있는 함병호를 살피며 철무경이 한숨을 내쉬었다.

함병호를 처리하지 못했으니 이제부터는 지루한 백병전이 남아 있을 뿐.

챙. 챙, 채앵.

재차 함병호를 향해 파고든 철무경이 적혈검을 매섭게 휘둘렀지만, 낭인들의 대응은 눈부셨다.

자기 자리를 지키면서 철무경의 날카로운 공격을 가볍게 무위로 돌렸다.

'시간이 걸리겠군!'

낭인들을 모두 처리할 자신은 있었다.

하지만 문제는 시간이었다.

풍부한 실전 경험을 쌓은 고수들인데다가 오랫동안 함병호를 중심으로 손발을 맞춰 온 낭인들은 쉽사리 무너질 것처럼 보이지 않았다.

이들을 모두 처리하고 지나가려면 적잖은 시간이 걸리리라.

철무경이 어느덧 산등성이 너머로 모습을 드러낸 태양을 바라본 후, 적혈검을 고쳐 쥘 때였다.

"가시죠."

저벅저벅.

육중한 체구가 만들어 내는 발걸음 소리가 등 뒤에서 들려왔다.

철무경이 고개를 돌리자 낯익은 얼굴이 보였다.

낭인제일도 벽두산이 거도를 어깨에 걸린 채 곁으로 다가왔다.

"벽 가. 네놈이 여긴 웬일이냐?"

벽두산을 알아본 함병호가 적의가 담긴 목소리로 소리쳤다.

"잘 알고 있으면서 왜 묻지?"

"……?"

"낭인이 움직이는 이유는 빤하지 않나?"

낭인을 움직이는 것은 결국 돈이었다.

씨익, 웃고 있는 벽두산을 바라보던 철무경은 의문을 가졌다.

'낭인제일도 벽두산을 움직인 게 누굴까?'

다행히 벽두산은 재빨리 눈치채고 그 의문을 풀어 주었다.

"날 움직인 건 당신도 잘 알고 있는 자요. 구병모!"

전혀 예상치 못했던 이름이 벽두산의 입에서 튀어나왔다.

그래서 철무경이 놀란 표정을 감추지 못하는 사이, 새로 모습을 드러낸 수십 명의 낭인들이 철무경을 향해 다가왔다.

그리고 그 낭인들 틈에는 구병모도 섞여 있었다.

"어찌 된 거지?"

"보다시피입니다."

"낭인이 된 건가?"

"에이, 그럴 리가 있습니까? 전 겁이 많아서 싸움과는 체질적으로 어울리지 않습니다. 전 어디까지나 장사꾼 체질이죠."

"그럼?"

"백점을 열었습니다."

"백점?"

"벽 대협과 손을 잡고 낭인들을 관리하기 시작했죠."

그제야 말귀를 알아들은 철무경이 고개를 끄덕이며 재차 물었다.

"여긴 어찌 알았지?"

"이 바닥에 있다 보니 소문이 들리더군요. 낭왕 함병호를 비롯한 낭인들이 한꺼번에 임무에 투입됐다는 소문이요. 그래서 저와 벽 대협도 움직였습니다."

"돈은?"

"이번에는 무료입니다. 개업 기념이거든요. 그리고……."

"……?"

"아직 신세를 덜 갚았으니까요."

"하지만……."

"부담 가지실 필요 없습니다. 물론 철 대협을 돕는 의미도 있지만, 낭왕 함병호를 비롯한 낭인들을 한번 정리할 필요도 있었거든요. 이게 좋은 기회가 될 겁니다. 굳이 표현하자면 도랑도 치고 가재도 잡는 격이죠."

구병모는 대수롭지 않게 말했지만, 철무경은 지금 그가 엄청난 위험을 감수하고 움직였다는 것을 알고 있었다.

구병모가 세운 백점의 상대는 흑점.

수백 년의 전통을 가지고 있는 흑점과 맞서 싸우기에는 이제 막 걸음마를 뗀 백점의 역량은 한참 모자랐다.

이번 행동은 지나칠 정도로 과감했고, 위험 부담도 너무 컸다.

그래서 철무경이 걱정스런 시선을 던질 때였다.

"이럴 시간이 없으실 텐데요. 여긴 저희가 맡을 테니 어서 가시죠."

"그렇지만……."

"강호소사전담반의 실세라고 했던 그 젊은 친구를 꼭 구해주세요. 그 친구 덕분에 아버지와 화해할 수 있었으니까요."

더 사양할 수 없었다.

그래서 철무경이 거도를 어깨에 걸친 벽두산을 바라보았다.

"걱정 마시오. 우리 대장 때문이라도 아직은 못 죽소."

수라단주 임추량이 인정한 것이 바로 벽두산이었다.

그리고 벽두산이라면 믿을 만하다는 생각이 들었다.

그래서 철무경이 시선을 교환한 후 걸음을 재촉할 때였다.

"막아!"

낭왕 함병호가 명령을 내렸다.

그리고 그 명령을 들은 낭인들이 철무경의 앞을 막기 위해 움직였지만, 벽두산이 더 빨랐다.

쾅. 쾅.

벽두산이 휘두른 패도에 실린 무지막지한 기세를 막아
내는 것은 역부족이었다.

순식간에 낭인들이 궁지에 몰렸고, 그사이 벽두산이 한
쪽 눈을 찡긋했다.

"우리 대장한테 곧 찾아갈 거라고 전해 주시오."

"그러지."

"그럼 무운을 빌겠소."

더 지체할 시간이 없었다.

장내를 벗어나기 전에 철무경은 마지막으로 구병모를 바
라보았다.

철무경이 뿌려 놓은 또 하나의 씨가 싹을 틔웠다.

부디 저 싹이 꺾이지 않고 잘 자라길 기도하던 철무경이
다시 신법을 펼치기 시작했다.

덜컹.

잠시도 쉬지 않고 움직이던 마차가 마침내 멈추었다.

"도착했다."

두 눈을 감은 채 생각에 잠겨 있던 혁유신은 홀가분한 표
정으로 마차의 문을 열었다.

하지만 담서인은 바로 내리지 않고 물었다.

"여기가 어딘데요?"

"목적지!"

"무슨 목적지요?"

"여기서 일검과 만나기로 했지."

혁유신이 먼저 마차에서 내린 후에도, 담서인은 쉽게 마차를 빠져나오지 못하고 망설였다.

'일검이 대체 누굴까?'

마차 안에서는 할 일이 딱히 없었다.

담서인은 줄곧 일검의 정체에 대해서 고민했다.

하지만 너무 막연했다.

그래서 결국 답을 찾아내지 못했는데, 이제 이 마차에서 내리면 일검의 정체를 알 수 있게 되는 셈이었다.

"어서 내려라."

혁유신의 재촉이 있고서야 담서인이 천천히 마차를 걸어 내려왔다.

그리고 마차에서 내린 담서인이 어리둥절한 표정을 지었다.

한적한 장원 안에는 혁유신을 제외하고는 아무도 없었다.

"왜 아무도 없어요?"

"우리가 조금 일찍 도착했다. 저기 지금 도착했구나."

"아!"

장원의 입구 근처에 누군가의 신형이 어렴풋이 보였다.

워낙 멀고 어두운 탓에 아직 제대로 보이지는 않았다.

저벅저벅.

천천히 걸음을 옮긴 사내가 조금씩 가까워진 후에야, 담서인은 비로소 사내의 얼굴을 제대로 확인할 수 있었다.

"일…… 검!"

나이는 육십 가량. 희끗한 머리는 단정하게 뒤로 넘겼고, 백의가 무척 잘 어울리는 자였다.

그리고 사람 좋아 보이는 편안한 웃음을 빤히 바라보던 담서인은 무척 낯이 익다는 느낌을 받았다.

'누굴 닮았지?'

분명히 처음 보는 얼굴이었다.

그런데 낯이 익은 이유는 누군가를 닮아서였다.

그리고 담서인이 누굴 닮았는가에 대해서 골몰히 생각에 잠긴 사이, 일검이 입을 열었다.

"수고했네."

"딱히 내키지 않는 일이었습니다."

"미안허이."

혁유신에게 사과하는 일검과 담서인의 시선이 허공에서 부딪혔다.

그리고 그 순간, 담서인은 마침내 이자가 누구와 닮았는지 알아냈다.

"먼 길 오느라 고생 많았구만."

"저기, 혹시……."

그 사실을 깨닫고 담서인은 마음이 조급해졌다.

그래서 정체를 묻는 순간, 일검이 먼저 대답했다.

"반갑네. 무림맹의 맹주 직책을 맡고 있는 독고진이라고
하네."

*　　*　　*

철무경이 다시 걸음을 멈추자, 앞서 가던 추향묘도 고개
를 갸웃거리며 걸음을 멈추었다.

야아옹.

대체 왜 멈추냐고 묻듯이 추향묘가 울음을 터트렸다.

철무경은 추향묘의 머리를 쓰다듬으며 협곡 앞으로 다가
갔다.

어른 두 명이 마주 지나치면 어깨가 부딪힐 정도로 협곡
은 좁았다.

그리고 그 협곡을 막고 선 것은 흑의복면인들이었다.

한눈에 봐도 기도가 범상치 않은 흑의복면인들의 수는
약 일백 가량.

정체를 드러내지 않기 위해서 복면을 한 흑의인들을 바
라보던 철무경이 한숨을 내쉬었다.

비록 복면을 해서 정체를 감추려 했다고 해도, 은연중에
흘러나오는 기도까지 감출 수는 없었다.

"멸마대로군!"

철무경이 꺼낸 말을 듣자마자, 복면인들이 흠칫하는 기색이 느껴졌다.

복면까지 뒤집어쓰고 모습을 드러냈는데, 단번에 정체가 들통 나자 당황한 듯 보였다.

"멸마대주!"

철무경이 복면인들 가운데 서 있는 사내를 불렀다.

가장 출중한 기도를 드러내고 있었기에, 철무경은 단번에 멸마대주임을 알아챌 수 있었다.

"말하시오."

더 정체를 감추려 해도 소용이 없다고 판단한 걸까?

멸마대주는 순순히 입을 열었다.

"길을 열어!"

"불가하오!"

멸마대주는 단칼에 잘라 말했다.

그리고 그 대답을 듣고서 철무경은 자신도 모르는 사이 입가에 미소를 머금었다.

"불가! 불가! 불가! 이번엔 또 이유가 뭔데요? 기분이 별로예요? 아니면, 어젯밤 꿈자리가 사나웠어요?"

자신이 불가를 외칠 때마다 담서인이 허리에 양손을 척 올리고서 했던 말이 떠올랐다.

그리고 담서인이 떠오른 순간, 철무경의 마음이 다시 급해졌다.

"독고진의 명령을 받았겠지?"

"맹주님의 존함을 그리 함부로 부르다니 무엄하오."

"뭔가 착각하고 있군."

"……?"

"이 정도도 많이 참아 주고 있는 거야. 솔직한 내심은 개만도 못한 놈이라고 부르고 싶으니까."

모욕을 당했다고 판단해서일까?

멸마대원들이 일제히 살기를 내뿜었다.

하지만 철무경은 태연하게 그 살기를 받아넘기며 적혈검을 들어 올렸다.

"다시 한 번 말하지. 길을 열어."

"불가하오."

"불가! 불가! 불가! 아주 입에 붙었군."

"……?"

"그 말을 꺼낸 것을 후회하게 될 거야!"

멸마대주가 이끄는 멸마대는 대단한 고수들이 모여 있었다.

가능하면 이들과 부딪히고 싶지 않았다.

그리고 이들을 죽이는 것이 아까웠다.

맹주를 잘못 만났을 뿐, 이들에게는 아무런 죄가 없었으니까.

그러나 달리 방법이 없었다.

"수호만환식!"

철무경이 아낌없이 진기를 끌어 올렸다.

설령 이곳에서 모든 진기를 쏟아붓는 한이 있더라도, 멸마대를 모두 처리하고 이곳을 지나가야 했다.

자신이 어서 찾아오기만을 눈이 빠지게 기다리고 있을 담서인을 위해서.

철무경이 더 지체하지 않고 철벽처럼 협곡을 가로막고 있는 멸마대를 향해 뛰어들었다.

기이잉.

<u>스르르르.</u>

진기를 가득 머금은 적혈검이 검명을 토해 내며 빛살 같은 속도로 움직이며 사방에 하얀빛을 뿌려 냈다.

쾌즉환!

단 하나의 검신이었지만, 눈에 보이지도 않을 정도로 빠르게 움직인 검신은 사위를 가득 메운 듯한 착각을 불러일으켰다.

챙. 챙. 채채채앵.

멸마대의 대원들이 당황한 채 급히 검을 휘둘러 공격을 막아 내려 애를 썼지만, 사위를 잠식한 채 파고드는 공격을 모두 막아 내는 것은 애초부터 역부족이었다.

천마 구효서.

강호를 대표하는 고수인 구효서조차 검이 아닌 주먹으로 펼친 수호만환식 앞에서 꼼짝도 하지 못했었다.

그런데 멸마대원들이 어찌 막을까?

큭.

크흑.

순식간에 열 명이 넘는 멸마대원들이 바닥에 쓰러졌다.

죽은 것은 아니었으나 한동안 다시 검을 쥐는 것은 불가능할 정도로 중상이었다.

그러나 무림맹이 자랑하는 멸마대원들답게 당황한 기색을 금세 지우고 그들은 일사불란하게 움직이며 전열을 정비했다.

"진영을 짜고 수세로 전환한다!"

철무경의 압도적인 무위를 직접 경험해서일까?

멸마대주 여진환의 판단은 빨랐다.

공세 대신 철저하게 수세로 전환한 멸마대원들은 거의 완벽한 방어진을 구성하고 있었다.

그들을 살피던 철무경이 피 묻은 적혈검을 바라보며 후회했다.

더 독하게 손을 썼어야 했다.

그래서 저들이 진영을 완벽하게 짜기 전에 더 많은 멸마대원들을 쓰러트렸어야 했다.

하지만 후회란 아무리 빨라도 늦는 법이었다.

철무경이 다시 피 묻은 적혈검을 들어 올렸다.

슈아악.

서걱.

적혈검이 다시 멸마대원들에게로 파고들었다.

그렇지만 철무경이 신중하게 휘두른 적혈검은 고작 멸마대원 하나를 베고 돌아오는 데 그쳤다.

'여든일곱!'

아직 남은 멸마대원들의 수를 세며 철무경이 두 눈을 가늘게 떴다.

완벽하게 진영을 짠 후라, 멸마대원들은 쉽게 무너지지 않았다.

그래서 뚫고 지나가는 것이 쉽지 않았다.

하지만 오직 자신만 기다리고 있을 담서인을 생각한다면 여기서 포기할 수는 없는 노릇.

비록 힘이 들고 시간이 걸리더라도 멸마대원들을 뚫고 지나가야 했다.

철무경이 크게 숨을 들이쉬었다.

천검을 막기 위해서 그의 수하들을 상대하며 적잖은 부상을 입었고, 내력의 소모도 심했다.

그러나 그 부상을 살필 여유조차 없었고, 제대로 운기조식을 할 시간도 없이 쉬지 않고 지금까지 달려왔다.

그래서일까?

다시 들어 올리는 적혈검이 유난히 무겁게 느껴질 때였다.

두두두두.

우르르 몰려드는 발소리들이 들려왔다.

'파사단?'

신법을 펼치며 가까이 다가오고 있는 발걸음 소리를 듣던 철무경의 안색이 어둡게 변했다.

멸마단을 상대하기도 벅찬 상황이었다.

그런데 거기에 더해 무림맹의 정예 부대 중 한 곳인 파사단까지 몰려든다면 더욱 어려운 상황이 될 터였다.

'서둘러야 하는데!'

새로이 장내로 진입하고 있는 자들을 침중한 표정으로 바라보던 철무경의 두 눈이 커졌다.

파사단이 아니었다.

그들이라면 가슴팍에 무림맹의 표식이 있는 복장을 착용했을 테니까.

그리고 각양각색의 복색을 갖춘 채 다가오고 있는 인물들의 선두에 서 있는 자의 얼굴이 낯익었다.

"늦었습니다."

"추량."

"대형, 가시죠!"

"……"

"아니, 일단 상처를 돌보시고 운기조식이라도 하시죠.

우리가 저들을 상대하고 있을 테니까."

뜻밖의 장소에서 임추량과 마주하자, 반가운 마음이 깃들었다.

그러나 마냥 반가워할 수는 없었다.

이건 자신의 싸움이었다.

임추량이 수라단의 생존자들을 이끌고 찾아오게 만든 건 너무 폐를 끼친다는 생각이 들었다.

그런 마음을 알아챘을까?

임추량이 웃으며 곁으로 다가왔다.

"부담 가지실 필요 없습니다. 서인이는 제게도 동료였으니까. 그리고 제 동료라면 저 녀석들의 동료이기도 합니다."

"하지만……."

"대형, 혼자서 모든 짐을 짊어지시려고 하지 마세요."

"……."

"저도 대형이 뿌린 씨앗 중 하나이니까요."

"고맙다."

달리 할 말이 없었다.

그래서 고맙다는 인사를 건넨 철무경이 그의 충고 대로 짐을 나눠지기로 결심했다.

"부탁하마."

"바로 가시게요?"

"서인이가 기다리고 있으니까."

"상처 좀 돌보고 가시라니까. 어지간히 좋은가 보네."

"그래, 난 그 아이가 좋다."

"하여간 이 빌어먹을 사랑!"

임추량이 던지는 농담을 들으며 피식 웃은 철무경이 신형을 돌렸다.

정? 사랑?

뭐든 좋았다.

담서인을 잃고 싶지 않았다.

그래서 철무경이 다시 신법을 펼치기 시작했다.

*　　*　　*

제갈후가 물끄러미 노인을 바라보았다.

볼품없는 염소수염을 쓰다듬고 있는 노인의 얼굴에는 주름이 가득했다.

얼핏 보면 촌부처럼 보였지만, 노인의 진짜 정체는 제갈후를 긴장하게 만들기에 충분했다.

"격조했구만."

"오래간만에 뵙습니다."

제갈후가 노인에게 공손하게 고개를 숙였다.

"쓸데없는 예는 걷어치우자고. 시간이 없으니까."

"그리하겠습니다."

인사를 집어치우라며 손사래를 치고 있는 노인의 정체는
바로 만박자 염익이었다.

그리고 만박자 염익은 무림맹의 책사를 맡고 있는 제갈
후가 유일하게 존경하고 인정하는 스승이나 다름없었다.

"눈이 없군."

쪼르륵.

두 손으로 다기를 들고 공손히 차를 따르던 제갈후가 갑
자기 흘러나온 면박을 듣고서 흠칫했다.

"무슨 말씀이십니까?"

"사람 보는 눈이 없다는 뜻이야."

"대안이…… 없었습니다."

제갈후가 두 눈을 감았다.

그리고 탁자 위에 다기를 내려놓으며 변명을 꺼냈다.

하지만 제갈후도 알았다.

다른 사람도 아닌 만박자 염익에게 이런 변명이 절대 통
하지 않으리라는 것을.

"육 가 놈만도 못하군."

염익이 던진 말을 들은 제갈후의 표정이 일그러졌다.

지금 염익이 말한 육 가 놈이 누구인지 짐작이 갔다.

마뇌 육시열.

"사람 보는 눈은 그놈이 나아."

육시열이 모시고 있는 자는 천마 구효서였다.

그리고 지금 염익의 말은 독고진이 구효서만도 못하다는 뜻이었다.

불경한 이야기.

그것도 무림맹의 책사인 제갈후의 집무실에서 꺼냈기에 더욱 불경한 말이었다.

그러나 제갈후는 딱히 반박할 말을 찾을 수가 없었다.

염익의 말이 틀리지 않다는 것을 알았기 때문이었다.

"정말 대안이 없었나?"

조금은 누그러진 염익의 목소리를 들으며 제갈후가 감았던 눈을 떴다.

"최선이라고 판단했습니다."

"최선이 아니라 최악의 선택을 한 셈이지."

"하지만……."

"책사는 결단을 내릴 줄 알아야 하네. 올바른 선택이라는 확신이 들면 그를 위해 모든 것을 바쳐야 하지만, 만약 잘못된 선택이라는 생각이 들면 과감하게 결단을 내려야 하는 법이야."

제갈후의 표정이 더욱 일그러졌다.

염익의 이야기는 정확히 아픈 부위를 찌르고 있었다.

그러나 여전히 어려웠다.

최악의 선택을 한 것을 만회하기 위해서는 독고진의 마음을 돌려야 했다.

하나 그것이 쉽지 않았다.

본격적으로 야욕을 드러낸 독고진의 마음을 돌리는 것은 요원해 보였다.

그래서 어떤 선택도 내리지 못 하고 망설이기만 하다가, 지금까지 흘러왔다.

"내가 돕지."

"……?"

"잘못된 것을 바로잡게."

"하지만 어떻게……."

"독고진을 밀어내게."

무림맹주를 자리에서 몰아내라.

그리고 그 자리에 다른 사람을 앉혀라.

지금 염익은 그렇게 말하고 있었다.

하지만 그게 말처럼 쉽지 않았다.

독고진은 욕심이 많은 사람이었고, 스스로 무림맹주 자리에서 물러날 가능성은 없었다.

"맹주님은…… 물러나지 않으실 겁니다."

"알고 있네. 그럼 물러나게 만들면 될 것이 아닌가?"

"물러나게 만든다?"

"독고진을 없애면 되지."

제갈후가 마른침을 꿀꺽 삼켰다.

독고진을 없앤다?

감히 상상도 해 본 적이 없었다.

그래서 지금 염익의 입에서 흘러나온 말이 더욱 충격으로 다가왔다.

"왜? 어렵나?"

"그것이⋯⋯."

제갈후가 말끝을 흐렸다.

이미 독고진을 곁에서 모신 지 긴 시간이 흘렀다.

그사이 정이 들지 않았다면 거짓말이었다.

그런 그를 자신의 손으로 친다는 것이 영 내키지 않았다.

"정에 휘둘리는 책사는 책사의 자격이 없지."

염익의 말이 다시 한 번 아픈 부위를 찔렀다.

그리고 제갈후는 장고에 잠겼다.

'어찌해야 할까?'

최악의 선택을 만회하기 위해서는 독고진을 없애야 했다.

그리고 책사는 정 따위에 휘둘려서 안 됐다.

"그리하겠습니다."

결국 제갈후가 결심을 굳혔다.

"계획을 준비하겠습니다."

"그리 거창할 것 없네."

"네?"

"독고진은 곧 죽을 걸세."

"⋯⋯?"

"제 발로 사지에 걸어 들어갔으니까."

독고진은 무림맹의 맹주 직책에 앉을 정도로 대단한 고수였다.

그래서 제갈후는 그런 그를 죽이는 데 있어 완벽에 가까운 계획이 필요하다고 생각했다.

하지만 염익의 말은 뜻밖이었다.

'독고진이 사지로 걸어 들어갔다는 것이 무슨 뜻일까?'

제갈후가 의문을 품은 채 바라보았지만, 아쉽게도 염익은 자세히 설명해 주지 않았다.

대신 독고진을 죽일 수 있는 방법을 일러 주었다.

"구멍을 막게."

"무슨 구멍을 막으라는 말씀이십니까?"

"그가 사지에서 빠져나올 수 있는 구멍."

제대로 말귀를 알아듣지 못한 제갈후가 빤히 바라보는 사이, 염익이 웃으며 덧붙였다.

"그걸로 충분하네."

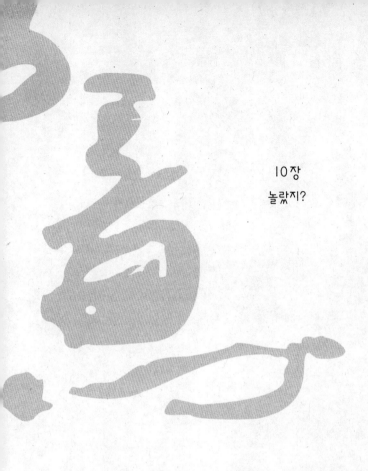

10장

놀랐지?

'무림맹주 독고진이 일검이라고?'

무림맹의 장로였던 도황 혁유신은 자신을 이검이라고 밝혔다.

그래서 일검이 무척 대단한 인물일 거라는 짐작은 했다.

하지만 일검의 정체가 무림맹주 독고진일 거라고는 정녕 꿈에도 예상치 못했다.

"무척 놀랐나 보군."

독고진의 말대로 깜짝 놀랐다.

오죽했으면 말문까지 막혀 버렸을까.

"왜요?"

한참만에야 간신히 입을 떼자, 독고진이 대답했다.

"욕심 때문이라네."

"욕심 때문이라고요?"

"그러하네."

"정말…… 욕심이 많네요."

무림맹주라는 직책은 높았다.

굳이 설명하자면 마교의 교주인 구효서와 함께 강호를 양분하는 인물 중 한 명이었다.

보통 사람은 감히 쳐다보기조차 어려운 무림맹주라는 직책을 가진 것이 바로 독고진이었다.

"저는 이해가 안 가요."

담서인이 긴 한숨을 내쉬었다.

만약, 정말 만약일 뿐이지만 자신이 무림맹주라면 어떻게 살까를 담서인은 고민해 보았다.

자신의 말 한마디면 수천, 아니 수만의 무인들이 고개를 숙이리라.

어디 그뿐인가?

매 끼니 때마다 진수성찬을 먹고, 돈 걱정 따윈 없이 살리라.

'그 정도면 행복하지 않을까? 그리고 만족할 수 있지 않을까?'

스스로에게 던진 질문에 담서인은 금세 결론을 내렸다.

충분히 행복할 거라고.

그리고 만족할 수 있다고.

그런데 독고진은 무림맹주라는 직책에 만족하지 못했다.

그래서 누군가의 밑으로 들어가서까지 욕심을 부리고 있었다.

"이해가 안 가는 게 당연하다."

"왜요?"

"넌 가진 것이 없으니까."

"……?"

"고기도 먹어 본 사람이 먹는다는 말은 들어 본 적 있겠지? 난 더 높은 자리에 앉고 싶었다."

독고진이 솔직히 말했다.

그리고 그 이야기를 들은 담서인이 고개를 갸웃했다.

"난 가진 게 없어서 잘 모르겠네요. 그렇지만 이상한 게 있는데요."

"뭐가 이상하지?"

"어르신이 일검이라면서요?"

독고진은 순순히 대답하는 대신, 혁유신을 노려보며 미간을 찡그렸다.

"쓸데없는 것을 알려 줬군."

"마차 안에 둘이 앉아 있다 보니 지겨웠소. 그리고 어차피 상관없지 않소? 곧 죽을 테니까."

"하긴 그렇긴 하지."

'사람 목숨을 갖고 너무 쉽게 얘기하는 거 아냐?'

슬쩍 빈정이 상했다.

그러나 담서인은 결국 따질 수 없었다.

다른 사람도 아니고 지금 이 이야기를 꺼내는 것이 도황 혁유신과, 무림맹주 독고진이었으니까.

이들에게 자신을 죽이는 건 닭의 목을 비트는 것만큼이나 쉬우리라.

어차피 곧 죽을 목숨이라 생각하니 겁날 게 없었다.

기왕 죽을 것, 궁금한 건 다 듣고 가야 덜 억울할 것 같았다.

그래서 담서인이 재빨리 말했다.

"위에 천검이 있다면서요. 그럼 결국 누구 밑에 들어간 셈이잖아요?"

"그런 셈이지. 하지만 네가 지금 생각하는 것과는 조금 다르다."

"뭐가 다른데요?"

"그는 욕심이 없는 사람이다."

세상에 욕심이 없는 사람도 있을까?

선뜻 이해가 가지 않는 말이었다.

그리고 천검의 정체에 대해 호기심이 생겼지만, 독고진은 더 설명해 줄 생각이 없어 보였다.

독고진의 눈치를 살피던 담서인이 화제를 돌렸다.

"혜아가 이해가 가네요."

"딸아이를 잘 아는가 보구나?"

"친해요. 어느 정도 친한가 하면 분도 나눠 쓸 정도예요."

"그래? 그런데 뭐가 이해가 간다는 것이냐?"

"혜아가 아빠를 왜 그렇게 싫어하는지."

"……."

"욕심이 지나치네요."

'너무 지나쳤나?'

독고진의 표정에 쓸쓸한 빛이 스치고 지나가는 것을 확인한 담서인이 후회할 때였다.

"어쩔 수 없지."

"어쩔 수 없다? 그게 무슨 뜻이에요?"

"모두 가질 순 없으니까."

독고진의 말은 더 많은 권력과 부를 얻기 위해서 가족을 버리겠다는 뜻이었다.

그 얘기를 직접 듣고 나니 독고혜가 더욱 안쓰럽게 느껴졌다.

그리고 독고혜가 불쌍한 아이라는 철무경의 이야기가 마음에 와 닿았다.

"그건 너무……."

"그만두거라."

"하지만……."

"지금은 네 걱정을 하기도 바쁠 때인 것 같은데."

독고혜를 대신해서 더 따지려던 담서인이 도중에 입을 다물었다.

독고진의 충고가 옳았다.

지금은 오지랖 넓게 남의 집 가정사까지 끼어들어서 감 놔라, 배 놔라 할 때가 아니었다.

당장 죽을지도 모를 상황이었으니까.

하지만 담서인에게는 믿는 구석이 있었다.

"대형이 절 구하러 올 거예요."

철무경이라면 분명히 자신을 구하기 위해서 찾아올 것이었다.

그래서 담서인이 힘주어 말했지만, 독고진은 고개를 흔들었다.

"네 대형은 오지 못할 것이다."

"왜 그렇게 확신해요?"

"네 대형은 혼자이니까."

"하지만……."

이번만큼은 순순히 인정할 수 없었다.

그래서 담서인이 분한 표정을 짓고 있을 때, 독고진이 덧붙였다.

"그는…… 오늘 죽는다."

천검장!

장원에 붙어 있는 낡은 편액을 확인하고서 철무경이 신법을 펼치던 것을 멈추고 호흡을 골랐다.

"수고했다!"

추향묘는 말귀를 알아들은 것처럼 오만하게 고개를 까닥인 후 어둠에 물든 수풀 사이로 기어 들어갔다.

홀로 남겨진 철무경이 천검장의 문을 열었다.

끼이익.

빗장이 잠겨 있지 않은 천검장의 문이 열리자마자, 철무경은 망설이지 않고 안으로 들어섰다.

그리고 안으로 들어선 철무경을 맞이한 것은 예상대로 독고진과 도황 혁유신이었다.

하지만 철무경은 그들에게는 일별도 주지 않은 채, 금세 울 듯한 표정을 짓고 있는 담서인만 바라보았다.

"대형!"

"그래."

"진짜 왔네요."

"그럼 안 올 줄 알았느냐?"

담서인의 두 눈에 그렁그렁 맺혀 있던 눈물이 뺨을 타고 흘러내리기 시작했다.

"난 혹시 안 올까 봐…… 그래서 얼마나 무서웠는데……."

담서인이 울먹이며 말을 꺼냈다.

그리고 그 말을 듣고 있던 철무경이 달래듯 말했다.

"무조건 구하러 올 생각이었다."

"진짜요? 왜요?"

"넌 내 동료이니까."

"그게 다예요?"

"내가…… 누구보다 좋아하는 사람이니까."

눈물 범벅이 된 채 울고 있던 담서인이 그 말을 듣고서 환하게 웃었다.

그 웃음을 확인하고서야 철무경이 독고진에게 시선을 돌렸다.

"오랜만이로군."

독고진이 특유의 사람 좋아 보이는 웃음을 머금은 채 인사를 건넸다.

철무경은 그 인사를 받아 주는 대신 바로 본론을 꺼냈다.

"왜 이랬소?"

"욕심 때문이지."

"그렇다고 이런 일을 벌였소?"

"자넬 꼭 만나야 했거든. 달리 방법을 찾지 못했지."

독고진은 담서인을 납치한 것에 대해 죄책감도 느끼지 못하는 사람처럼 뻔뻔하게 대구했다.

그리고 그 태도가 마음에 들지 않았다.

"내가 적당한 선에서 만족하라 충고하지 않았소."

"그 충고를 받아들이지 못했지."

"후회하게 될 거요."

"아니."

"……?"

"후회하는 건 자네가 될 거야."

독고진의 목소리는 확신에 가득 차 있었다.

뭔가 믿는 구석이 있다는 뜻이었다.

그리고 철무경은 독고진이 믿고 있는 구석이 무엇인지 알고 있었다.

천검!

"왜 하필 그와 손을 잡았소?"

"달리 선택의 여지가 없었네."

"선택의 여지가 없었다?"

"자네는 나와 뜻이 달랐으니까."

철무경의 표정이 살짝 굳어졌다.

실제로 독고진은 자신을 도와서 천하를 갖는 것을 도와 달라고 몇 번씩이나 부탁했었다.

심지어 자신의 하나뿐인 혈육인 독고혜마저 협상패로 내놓으면서까지.

하지만 철무경은 일언지하에 거절했었다.

그 이유는 독고진의 그칠 줄 모르는 욕심을 알았기 때문이었다.

"그가 약조했네."

"뭘 약조했소?"

"천하를 내 손에 쥐어 주겠다고. 반쪽짜리 천하가 아니라 온전한 천하를 내 손에 쥐어 주겠다고 약조했네."

"그 말을 믿소?"

"난 믿네."

한 치의 의심도 없는 목소리로 대답하는 독고진을 노려보던 철무경이 한숨을 내쉬며 물었다.

"대신 뭘 주기로 했소?"

세상에 공짜는 없는 법이었다.

독고진이 반쪽짜리 천하 대신 온전한 천하를 손에 쥐는 대신, 천검에게 내어 주어야 할 것도 분명히 존재했다.

"뜻밖의 것을 요구하더군."

"뭐요?"

"자네를 죽여 달라고 했네."

독고진이 장담한 대로 천검의 요구는 뜻밖이었다.

그래서 철무경이 입을 다물고 있자, 독고진이 제안을 꺼냈다.

"마지막으로 제안을 하겠네. 나와 손을 잡는 게 어떤가?"

"그럼 내게 뭘 해 줄 거요?"

"살려 주지."

"그게 다요?"

"저 아이도 무사히 돌려보내지."

마치 대단한 선심이라도 쓰는 사람처럼 독고진이 말했다.

하지만 철무경은 일언지하에 그 제안을 거절했다.

"싫소."

"그럴 줄 알았지. 그럼 자네와 저 아이는 죽어야겠군."

"날 죽일 수 있소?"

"물론이네."

"당신 실력으로 가능하겠소?"

"자넬 죽이는 건 내가 아닐세. 천마지."

"구효서?"

"그래. 그는 자네가 딸을 죽였다고 알고 있거든."

독고진이 웃으며 말했다.

그리고 그 말이 끝난 순간, 천검장의 열린 문을 통해서 구효서가 들어오며 소리쳤다.

"놀랐지?"

"……."

"내가 시키는 대로 가만히 있을 줄 알았어?"

불쑥 등장한 구효서를 확인한 철무경이 한숨을 내쉬었다.

말 그대로 상황은 최악이었다.

담서인은 인질로 잡혀 있었고, 천마 구효서와 무림맹주 독고진을 혼자 상대해야 하는 판국이었다.

"내가 설치면 죽을 거라고 분명히 경고했을 텐데."

하지만 여기서 포기할 수는 없었다.

철무경이 우선 구효서를 노려보며 싸늘하게 말했다.

"이 새끼가 진짜. 내가 병신으로 보이나? 나 천마야. 딸내미가 죽었는데 그 경고가 무서워서 벌벌 떨고 있을까?"

"죽겠다는 뜻이로군."

"그래, 죽고 싶어 환장했다."

구효서가 내뿜는 살기를 담담히 받아넘기며 철무경이 상황을 살폈다.

예상대로 진행되는 상황이 즐거운 듯, 독고진은 팔짱을 낀 채 구경꾼처럼 장내를 살피고 있었다.

그리고 도황 혁유신에게 인질로 잡힌 담서인은 걱정스런 눈길로 상황을 살피느라 여념이 없었다.

'서인이를 먼저 구한다!'

혁유신은 방심하고 있었다.

그것을 파악한 철무경이 막 결심을 굳혔을 때였다.

─진짜지?

갑자기 구효서가 전음을 날렸다.

─무슨 소리지?

─내 딸 죽인 거. 네가 아니지?

—아니야.

—그럼 역시 빌어먹을 독고 놈인가?

—독고진이 관여하긴 했지.

—또 누가 관여했지?

—한 놈 더 있어.

—그놈이 누구지?

—천검!

—천검? 어떤 놈인데? 그 새끼, 내 앞에 데려다 놓을 수 있어?

—가능하지.

—좋아. 믿어 보지.

—그럼 뭘 해 줄 거지?

—뭘 해 줄까?

—이 상황을 타개하도록 도움을 줘.

—어떻게?

—연극을 할 생각이야.

—연극? 오호, 재밌겠군. 내가 널 공격하는 척 하면서 빌어먹을 독고 놈을 공격하지. 그사이에 넌 저 아이를 구해. 어때?

—그러지.

—좋아.

—그전에 하나만 묻지.

―뭔데?

―왜 생각이 바뀐 거지?

―내 수하 중에 마뇌라고 불리는 놈이 있어. 그놈이 그러더군, 좀 이상하다고. 아무래도 함정 같다고 하더라고.

―그게 다인가?

―다는 아냐. 널 믿어.

―뭘 보고?

―그냥 딱 보면 알아. 싸가지가 없긴 한데 못 믿을 놈은 아니거든. 이런 음모와도 안 어울리고.

구효서가 씨익 웃으며 팔을 걷어붙였다.

철무경도 희미하게 마주 웃으며 적혈검을 빼 들었다.

―다섯을 세고 시작하지.

―열.

―왜 열이나 셀 때까지 기다려야 하는데?

―할 말이 있으니까.

어서 손을 쓰고 싶어서 안달이 난 구효서를 달랜 후, 철무경이 담서인을 향해 고개를 돌렸다.

목에 닿아 있는 도신 때문일까?

겁먹은 기색이 역력한 담서인은 두 눈만 껌벅거리고 있었다.

'전음을 쓰는 법을 알려 주었다면 좋았을 것을.'

그런 담서인을 바라보던 철무경이 후회했다.

하지만 후회란 아무리 빨라도 늦는 법이었다.

도황 혁유신은 고수였다.

그것도 초절정의 경지에 다다라 있는 대단한 고수였다.

철무경이 최선을 다 한다고 해도, 혁유신에게 인질로 잡혀 있는 담서인을 무사히 구할 수 있다는 보장은 없었다.

자칫 잘못하면 담서인을 잃게 되는 상황이 찾아올지도 몰랐다.

─괜찮아?

철무경이 자꾸 무거워지는 마음을 억지로 밀어내며, 애써 밝은 표정을 지은 채 전음을 날렸다.

끄덕끄덕.

담서인은 자신이 처한 상황도 잊고 힘껏 고개를 끄덕이다 목에 전해지는 통증 때문에 인상을 찌푸렸다.

주르륵.

목에 닿아 있던 날카로운 도신에 베인 목덜미를 타고 붉은 선혈이 흘러내렸다.

그 모습을 확인한 철무경이 안타까운 마음에 당장 달려가려 했지만, 담서인은 밝게 웃으며 고개를 흔들었다.

[그러지 마요.]

비록 담서인이 전음을 날리지는 못했지만, 철무경은 그녀의 눈빛을 통해서 하고자 하는 말이 무엇인지 알아챌 수 있었다.

—하나, 둘······.

그사이, 구효서가 열을 세기 시작했다.

그것을 듣던 철무경이 재빨리 다시 전음을 날렸다.

—명심해. 내가 널 살릴 거야. 무슨 수를 써서라도 널 살릴 거야.

그 전음을 들은 담서인이 환하게 웃었다.

그러나 이번에도 담서인은 고개를 흔들었다.

[난 죽어도 상관없어요. 그러니까 애쓰지 말아요. 그리고 대형은 강호를 구할 중요한 사람이잖아요. 나 같은 것 때문에 위험을 무릅쓰지 말아요.]

담서인이 눈빛으로 던지는 이야기를 알아듣고서 이번에는 철무경이 고개를 흔들었다.

—꼭 살아야 해. 네가 죽으면······ 이 빌어먹을 강호도 끝이야. 이 빌어먹을 강호, 내가 없애 버릴 거니까.

[그러지 마요.]

—약속했잖아. 심산유곡에 들어가서 같이 농사를 지으면서 살기로. 그러니까 무조건 살아야 해.

철무경의 간절한 마음이 전해진 걸까.

[살게요. 살아 볼게요. 우리 같이 농사지어요.]

담서인이 마음을 돌렸다.

그리고 그사이에도 시간은 무심히 흘렀다.

—셋. 넷. 다섯······.

구효서의 전음을 들으며 철무경이 다시 서둘렀다.

―지금부터 다섯을 센 다음 혁유신을 공격할 거야.

[난 뭘 하면 될까요?]

―떨어져.

지금 담서인과 혁유신 사이의 거리는 너무 가까웠다.

철무경이 혁유신을 노리고 공격하기에 너무 부담이 컸다.

[얼마나요?]

―가능한 멀리.

담서인이 다시 고개를 끄덕이려다가, 목덜미에 닿아 있는 도신의 존재를 기억해 내고 배시시 웃었다.

―여섯, 일곱…….

구효서가 수를 세는 것을 들으며 철무경도 진기를 끌어올리기 시작했다.

―할 수 있겠어?

[걱정 말아요.]

―뭘 하려는 거야?

[비장의 한 수가 있어요.]

아무 걱정할 것 없다는 듯이 배시시 웃고 있던 담서인의 표정이 비장하게 변했다.

그리고 철무경은 담서인을 믿기로 했다.

―여덟, 아홉…….

적혈검에 뿌연 강기가 어렸다.

그와 동시에 구효서가 들어 올린 오른팔에 응축된 마기도 빠져나갈 준비를 하며 꿈틀댔다.

'만약 구효서가 속인 거라면?'

구효서가 약속대로 움직이지 않고 속인 거라면 아무리 철무경이라도 무사하지 못하리라.

하지만 철무경은 그 생각을 이내 머릿속에서 지웠다.

천마 구효서.

천하의 악인이며 소문난 마두였지만, 철무경은 알았다.

위선자가 더 무섭다는 것을.

적어도 구효서는 음모를 꾸밀 자는 아니라는 것을.

지금은 구효서와 담서인을 모두 믿어야 했다.

―열.

마침내 구효서가 수를 세는 것을 멈추었다.

파아앙.

구효서의 오른팔에서 꿈틀대던 마기가 쏘이진 순간, 철무경이 지체하지 않고 빙글 신형을 돌렸다.

그리고 혁유신을 향해 적혈검을 뻗어 낸 순간이었다.

"비영권!"

담서인이 힘차게 외치며 주먹을 뻗었다.

하지만 담서인이 내뻗은 주먹은 혁유신을 향해서가 아니었다.

텅 빈 허공에 주먹을 뻗는 모습은 우스꽝스럽게 느껴질

정도였다.

그래서일까?

혁유신은 어이없다는 듯이 바라보기만 할 뿐, 아무런 반응도 보이지 않았다.

뭔가 심상치 않다는 것을 깨달은 것은 잠시 뒤였다.

혁유신은 한 걸음 뒤로 물러나며 눈살을 찌푸렸다.

그리고 도를 들어 텅 빈 허공에 그으며 담서인이 권황 장훈에게서 배운 구명절초인 비영권을 무위로 만들었다.

'됐다!'

담서인의 공격은 혁유신에게 아무런 위해도 끼치지 못했다.

그러나 이걸로 충분했다.

비영권을 파훼하느라 혁유신은 한 걸음 뒤로 물러나며 담서인과 거리가 벌어졌고, 그 찰나의 틈은 철무경에게 기회가 되었다.

그리고 철무경은 이 기회를 놓치지 않았다.

부우웅.

구효서가 뿜어낸 무시무시한 장력이 등 뒤로 파고들었다.

그렇지만 철무경은 전혀 신경 쓰지 않고 집중했다.

또르륵.

적혈검에 어렸던 희뿌연 강기가 구슬의 형태를 갖추었다.

그리고 어른 손톱만 한 크기의 강기는 적혈검의 검극을

빠져나가 빛살 같은 속도로 혁유신에게 쏘아져 나갔다.

그와 동시에 철무경의 등 뒤로 다가오던 무시무시한 장력이 휘어지며 독고진에게로 쇄도했다.

퍼어엉!

대경한 독고진이 다급히 장력을 퍼부었다.

엄청난 폭음과 함께 자욱한 먼지가 피어오른 순간, 철무경이 지체하지 않고 움직였다.

비영권을 펼치는 데 모든 것을 쏟아부었다.

그래서 혼자서 서 있을 힘도 남아 있지 않았다.

아니, 힘이 남아 있더라도 너무 긴장돼서 다리에 힘이 풀렸으리라.

풀썩.

담서인이 그대로 주저앉으려는 찰나, 누군가의 팔이 굳건하게 등을 받쳤다.

그리고 담서인은 지금 등을 받치고 있는 것이 누구인지 두 눈으로 보지 않아도 알 수 있었다.

"대형!"

"그래."

"나 죽는 거예요?"

"엄살은!"

"엄살이 아니에요. 피가 이렇게 많이 나잖아요."

얼굴에 덮친 뜨거운 선혈이 엄청난 부상을 입었다는 증거였다.

그리고 어디 한군데 안 아픈 곳이 없었다.

"네 피가 아니다."

"그럼?"

"도황의 피지."

"아!"

"그럼 난 살았나요?"

"그래. 이번에도 믿지 않았구나."

"아니, 대형이 구해 줄 거라 믿었어요."

"잘했다."

"그럼 이제…… 강호는 안전해진 건가요?"

담서인이 자꾸 감기려는 두 눈을 억지로 부릅떴다.

이제 강호가 안전해졌길 바랐지만, 아쉽게도 별로 그런 것 같지 않았다.

무림맹의 맹주인 독고진과 천마 구효서가 두 눈을 부라리며 서로 대치하고 있었으니까.

"강호는 다시 안전해졌다."

"하지만……."

"조금만 기다리거라."

"왜요?"

"아직 찾아올 사람이 남았으니까."

'더 누가 찾아온다는 거지?'

이대로 두었다가는 진짜 정마대전이 벌어질지도 모른다는 걱정 때문에 마음이 급했다.

하지만 담서인은 철무경을 믿기로 했다.

그리고 철무경의 말은 사실이었다.

천검장은 무척 한적한 곳에 위치한데다가 이미 늦은 시간이었지만, 정말로 사람들이 찾아오기 시작했다.

"너, 명이 길다."

"추량 선배!"

"목숨 빚은 갚았다."

"빚이 어디 있어요? 우린 동료인데."

"동료. 그래, 동료지. 앞으로 술값이나 두둑히 내놔."

"그건 좀 곤란한데. 농사짓는 사람이 돈이 어디 있겠어요?"

가장 먼저 찾아온 것은 임추량이었다.

내상을 입은 탓일까?

임추량의 안색은 창백했고, 군데군데 가볍지 않은 상처를 입은 채였다.

그리고 임추량은 혼자가 아니었다.

각양각색의 수십 명의 사내들이 임추량의 뒤에 서 있었다.

'누굴까?'

잠시 호기심이 생겼지만, 담서인은 굳이 입을 열어 묻지 않았다.

임추량과 함께 있는 저자들의 정체가 짐작이 갔기 때문이었다.

'수라단!'

수라단은 전멸했다고 알려져 있었다.

하지만 철무경의 말대로 씨앗은 어딘가에서 자라기 마련이었고, 그 씨앗이 지금 모습을 드러냈으리라.

"마누라!"

"염노! 아직 살아 있었네요."

"아직 살아 있었네요? 역시 내가 죽기를 바랐던 거구나."

"헤헤, 들켰네."

담서인이 해맑게 웃었다.

그리고 곁으로 다가온 염노의 품에 안겼다.

염노의 품은 생각보다 훨씬 더 따뜻했다.

"이러면 곤란한데."

"왜요?"

"무경이가 질투할지도 몰라."

"대형이 질투 좀 하면 어때요?"

"안 돼."

"왜요?"

"무량이는 좀 무섭거든."

염노의 농담에 깔깔 웃으며 담서인이 품에서 빠져나왔다.

어쩌다 보니 강호소사전담반의 본분에 전혀 어울리지 않는 엄청난 사건에 휘말려 버렸다.

그렇지만 까짓 것 어떤가?

지금 이렇게 함께 있으면 그걸로 충분하다는 생각이 들었다.

"이제 다 온 거예요?"

"아직!"

"또 누가 올 건데요?"

"천검!"

"천검요?"

담서인이 두 눈을 빛냈다.

천검에 대해서 혁유신에게서 얼핏 들었던 기억이 났다.

하지만 자세히 들었던 것은 아니었다.

단지 혁유신과 독고진을 수하처럼 부리는 자라는 것만 대충 알고 있었다.

그래서 더욱 궁금해졌다.

이런 대단한 수하들을 부릴 수 있는 천검이란 자가 얼마나 대단할지가.

"그는 어떤 사람인가요?"

"누가 그러더군, 나와 닮았다고."

"대형과 닮은 사람?"

담서인의 호기심이 더욱 증폭됐을 때, 철무경이 대치하
고 있는 구효서와 독고진 사이로 걸어 들어갔다.

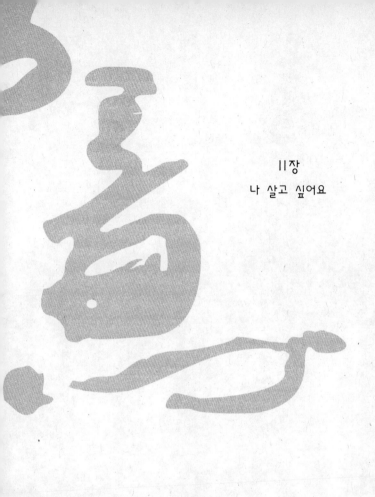

11장
나 살고 싶어요

"다시 한 번 묻겠소. 왜 그랬소?"

철무경이 허허로운 눈빛으로 허공을 더듬고 있는 독고진을 바라보았다.

독고진이 어떤 대답을 할지 그의 입으로 직접 듣고 싶었다.

"자네 때문이네."

그리고 한참 만에 흘러나온 독고진의 대답은 분명 뜻밖이었다.

그래서 가만히 그를 응시하고 있을 때, 독고진이 설명하듯 덧붙였다.

"자네가 탐이 났어. 무슨 수를 써서라도 자네를 얻고 싶었지. 오죽했으면 딸아이까지 내놓으려 했겠는가?"

"……."

"그런데 자네는 싫다고 했지. 냉정하게 내 손을 뿌리쳤지."

독고진이 담담한 목소리로 꺼내는 이야기를 듣던 철무경이 슬쩍 미간을 찌푸렸다.

독고진이 호의를 베풀었던 것이 기억이 났다.

하지만 그 호의가 부담스러웠다.

독고진이 바란 것이 무엇인지 알고 있었기 때문에.

그리고 그가 얼마나 큰 욕심을 가지고 있는지 알고 있었기 때문에 그 호의를 받아들일 수 없었다.

"여전하구려."

"무슨…… 뜻인가?"

"당신은 변한 게 없다는 뜻이오."

"……?"

"당신 때문에 상처를 입은 혜아는 여전히 안중에도 없지 않소? 내가 당신의 제안을 거절한 이유가 바로 이런 모습 때문이오."

일신의 야욕을 위해서는 가족도 버린다!

이런 독고진의 사고방식이 철무경이 그의 손을 잡지 않은 이유였다.

이 모습만 봐도 알 수 있었다.

그가 다른 사람들을 보듬을 수 있는 좋은 지도자가 될 수 없음을.

"자네가 내게서 등을 돌리고 나니, 난 다른 방법을 택할 수밖에 없었네. 내 편으로 만들지 못한 자네는 가장 무서운 적이나 다름없었지. 그래서 천검이 내민 손을 잡았다네."

"당신은 천검에게 속았소."

"흥, 그 말을 믿으라는 건가?"

"믿으시오."

"……?"

"내 말이 틀리지 않았음을 곧 알게 될 것이오."

철무경의 말이 끝났지만, 독고진은 순순히 믿는 기색이 아니었다.

그리고 천천히 입을 열었다.

"나도 하나만 묻지."

"말하시오."

"왜 날 죽이지 않았나?"

"……."

"자넨 날 죽이고도 남을 고수였지 않은가? 근데 왜 날 죽이지 않고 살려 두었나?"

독고진의 말은 틀리지 않았다.

철무경은 독고진을 죽이고도 남을 능력이 있었다.

그럼에도 불구하고 그를 죽이지 않았었다.

"그 이유는……."

철무경이 잠시 망설이다가 그 대답을 꺼내려 했을 때였다.

"신념 때문이지."

철무경을 대신해서 누군가가 그 답을 먼저 꺼내 주었다.

그리고 그 대답을 꺼내 준 것은 바로…… 천검이었다.

자박자박.

일촉즉발의 긴장감이 흐르는 장내였지만, 천검은 마치 산보라도 나온 사람처럼 느긋하게 걸어 들어왔다.

그리고 마침내 걸음을 멈춘 천검이 피식 웃으며 덧붙였다.

"궁금하군. 그 신념을 계속 지킬 수 있을지."

천검은 한쪽 눈을 찡긋하며 장난스럽게 웃었다.

하지만 철무경은 마주 웃을 수 없었다.

천검이 악수라도 청하듯이 앞으로 내밀고 있는 손끝이 가리키는 방향에 서 있는 것은 담서인이었다.

"막을 자신이 있나?"

천검이 질문을 던졌지만, 철무경은 쉽게 대답하지 못했다.

천검이 앞으로 내밀고 있는 손끝을 살피며 머릿속으로 계속 그림을 그리느라 바빴기 때문이었다.

'막지 못해!'

마침내 철무경이 계산을 마쳤다.

천검과 생사결을 펼친다면 최소한 동귀어진은 가능하리라.

하지만 천검이 작심하고 담서인을 죽이려 한다면 막는 것은 불가능했다.

'추량이 막아선다면?'

임추량은 초절정 고수였다.

그러나 임추량이 나선다고 해도 천검을 막는 것은 불가능했다.

아무리 그림을 그려 봐도 결론은 담서인의 죽음이었다.

"왜 이러는 겁니까?"

"내 눈으로 확인하고 싶어서."

"뭘 확인하고 싶다는 겁니까?"

"자네의 신념이 무너지는 것을."

"……."

"독고진을 죽이게. 그리고 천마 구효서를 죽이게."

"……?"

"그럴 능력은 충분하지 않나? 자네가 독고진과 구효서를 죽인다면 저 아이를 살려 주지."

철무경이 입술을 꽉 깨물었다.

비로소 천검이 원하는 것이 무엇인지 알았다.

하지만 그것을 들어주는 것은 쉽지 않았다.

철무경이 가진 신념과 어긋났기 때문이었다.

그래서 망설이고만 있을 때, 천검의 미소가 더욱 짙어졌다.

"왜? 못 죽이겠나?"

"꼭 이럴 필요가 있소?"

"내 신념이 틀리지 않다는 것을 증명하고 싶거든."

어느 쪽도 선택하기 어려운 상황.

그래서 철무경이 어떤 결정도 내리지 못하고 망설일 때, 천검에게서 강력한 살기가 뿜어져 나왔다.

초조해진 철무경이 자신도 모르는 사이 적혈검의 검병을 힘껏 움켜쥐었을 때였다.

"저 새끼야?"

구효서가 거칠게 콧김을 내뿜으며 물었다.

"저 새끼가 내 딸내미를 죽인 놈이 맞아?"

"맞소. 저자가 천검이요."

"저 새끼란 말이지. 저 새끼, 아무도 건드리지 마. 내가 살점을 갈아 마셔 버릴 거니까."

독고진을 향해 있던 구효서의 살기가 방향을 바꾸어 천검에게로 향했다.

하지만 천검은 전혀 개의치 않았다.

귀찮은 기색이 역력한 표정으로 구효서를 슬쩍 훑어본 것이 다였다.

"가만히 있어."

"뭐? 이 새끼가 지금……."

"손가락 하나만 까딱해도 넌 뒈진다."

"하! 기가 막혀서 말문이 막힐 지경이구만. 이것들이 내가 누군지 몰라? 천마 구효서가 바로 나야."

구효서가 더 참지 못하고 살기를 뿜어내는 순간, 천검이 담서인에게로 향해 있던 손의 방향을 바꾸었다.

스르륵.

단지 손의 방향을 바꾼 것이 전부였다.

하지만 당장이라도 일 장을 날려 천검을 쳐 죽일 기세였던 구효서는 움찔하며 손을 내렸다.

"이런 개 같은……."

구효서가 부들부들 떨며 소리쳤다.

하지만 딱 거기까지였다.

그는 석상처럼 그대로 얼어붙어 버렸다.

그런 구효서를 대신해서 나선 것은 독고진이었다.

"처음부터 날 진짜 죽일 생각이었나?"

"그럼 어떨 거라 생각했나?"

"분명히 약속을……."

"욕심에 눈이 멀어서 뵈는 게 없으니 순순히 믿었겠지."

자신이 속았다는 사실을 깨달은 독고진이 미간을 찡그렸다.

그리고 분노에 찬 목소리로 외쳤다.

"저자를 죽여라!"

독고진의 명령이 떨어졌지만, 장내에는 아무런 변화도 일어나지 않았다.

그제야 뭔가 이상함을 느낀 독고진이 고개를 돌려 주변을 살폈다.

자신의 명령을 받들어야 할 파사대의 기척이 느껴지지 않는다는 사실을 깨달은 독고진은 황망한 표정을 감추지 못했다.

그러나 천검은 그의 반응에 전혀 관심을 두지 않았다.

다시 손끝의 방향을 담서인에게로 향하면서 철무경을 바라보았다.

"자, 어서 결정하게. 어찌할 텐가?"

갸우뚱.

담서인이 좌측으로 몸을 기울였다.

샤라락.

그것으로 모자라 우측으로 살금살금 몇 걸음을 떼어 보기도 했지만 아무런 소용이 없다는 것을 깨닫고 다시 신형을 바로 했다.

조금씩 몸을 움직여 봤지만 자신에게 향해 있는 천검의 손끝에서 벗어날 수가 없었다.

"그래 봐야 소용없다."

담서인의 행동이 의미하는 것을 눈치챈 염노가 쓸데없는 짓은 그만두라는 충고와 함께 고개를 흔들었다.

"나 죽어요?"

담서인도 눈치가 없지는 않았다.

철무경과 천검이 나누고 있는 대화를 통해서 지금 자신이 다시 위험한 상황에 놓여 있다는 것을 직감적으로 깨달았다.

"글쎄다."

세상에 모르는 것이 없어서 만박자라 불렸던 염노의 입에서 애매한 대답이 흘러나왔다.

그리고 그 사실이 담서인의 마음을 초조하게 만들었다.

"난 죽어도 상관없어요."

"……"

"대형의 마음을 확인했으니 죽어도 여한이 없거든요."

"정말이냐?"

"그럼요."

"거짓말!"

"염노가 그걸 어떻게 알아요?"

"기왕이면 한번 같이 살아도 봐야 여한이 남지 않을 테니까."

염노의 말은 정곡을 찔렀다.

말로는 이제 죽어도 여한이 없다고 말했지만, 그래도 자꾸 욕심이 생기는 것은 어쩔 수 없었다.

대형의 품에 한번 안겨 봤으면.

대형과 함께 아침에 같이 눈을 떴으면.

대형과 함께 농사를 짓고 마주 앉아 밥을 먹어 봤으면.

아직 해 보고 싶은 것들이 많았다.

그러나 담서인은 애써 욕심을 버렸다.

그 욕심이 대형의 신념을 무너트릴 수도 있음을 알았기 때문이었다.

"대형!"

"말하거라."

"나 살고 싶어요."

"……."

"나도 대형이 뿌린 씨앗이잖아요."

철무경과 허공에서 시선이 마주친 순간, 담서인이 말했다.

그 말을 들은 철무경의 눈동자가 흔들리는 것을 확인한 담서인이 씁쓸하게 웃으며 말했다.

"그렇지만 모든 씨앗이 싹을 틔우고 잘 클 순 없잖아요."

말뜻을 알아들었을까?

철무경이 희미하게 고개를 끄덕였다.

서운함이 밀려들었지만 담서인은 애써 더 밝게 웃었다.

그리고 적혈검을 들어 올린 철무경이 신형을 날리는 것을 확인한 순간, 담서인이 두 눈을 감았다.

*　　*　　*

—내 실수로군.

독고진이 헛헛한 웃음을 지었다.

전음을 던지고 있던 독고진이 철무경을 향해 시선을 던졌다.

—내 욕심 때문에 여러 사람들을 힘들게 했어. 자네도, 저 아이도, 그리고 헤아에게도.

무슨 말을 하고 싶은 걸까.

철무경이 빤히 바라보는 사이, 독고진이 결심을 굳힌 듯 비장한 표정을 지었다.

—자넨 신념을 지키게.

—하지만……

—내가 막지.

독고진의 제안은 뜻밖이었다.

그래서 철무경이 당황한 표정을 감추지 못하는 사이, 독고진이 덧붙였다.

—대신 부탁 하나만 들어주게.

—말하시오,

—내 딸아이를 잘 부탁하네. 그 아이한테 너무 많은 상처를 줬어. 자네가 마음을 잘 다독여 주게.

—……

—부탁이네.

—알겠소. 후회하지 않겠소?

—다 내 잘못인데 누굴 탓하겠나?

독고진의 표정은 홀가분했다.

그와 대화를 하던 철무경이 다시 담서인에게로 시선을 던졌다.

죽음을 각오하고 두 눈을 감고 있는 담서인이 보였다.

그리고 철무경은 알았다.

행여나 시선이 마주친다면, 자신의 마음이 약해질까 봐 담서인이 눈을 감아 버렸다는 사실을.

담서인을 살리고 싶었다.

그리고 담서인을 살리기 위해서는 독고진의 제안을 거절할 수 없었다.

"이제 결정했나?"

"……"

"내 인내심도 슬슬 바닥이 나려고 해."

천검이 다시 결정을 재촉하기 시작했다.

철무경도 더 지체하지 않고 적혈검을 들어 올렸다.

"마침내 결정을 내렸나 보군."

"……."

"자, 어떤 결정을 내렸나 한 번 볼까."

철무경의 손에 들린 적혈검의 검극이 독고진에게로 향했다.

그것을 확인한 천검의 입가에 머물러 있던 미소가 짙어질 때, 철무경이 신형을 날렸다.

쐐애액.

독고진을 향해 빛살 같은 속도로 쇄도하던 적혈검이 도중에 방향을 바꾸었다.

그 적혈검이 향한 방향은 천검이었다.

자신에게 쇄도하는 뿌연 강기를 머금은 적혈검을 확인한 천검의 표정이 살짝 굳어졌다.

그리고 지체하지 않고 담서인을 향해 내밀고 있던 손을 앞으로 쭉 뻗어 냈다.

또르륵.

시커먼 구슬 같은 강기가 천검의 손끝에서 떠나 담서인에게로 향한 순간, 적혈검이 천검의 가슴을 베고 지나갔다.

퍼엉.

임추량이 박도를 휘둘러 시커먼 강기와 부딪혔다.

주르륵.

그 충격의 여파를 해소하지 못한 임추량이 뒤로 밀려났다.

하지만 시커먼 강기는 여전히 위력을 잃지 않은 채 담서인을 향해서 다가갔다.

절체절명의 순간, 담서인의 앞을 독고진이 막아섰다.

파르르.

독고진의 소매가 터질듯이 부풀어 오른 순간, 그가 휘두른 오른손과 시커먼 강기가 부딪혔다.

퍼어엉.

시커먼 강기가 주춤할 때, 안색이 창백하게 변한 독고진이 희미하게 웃으며 강기를 향해 몸을 던졌다.

풀썩.

강기에 적중당한 독고진이 바닥으로 쓰러진 순간, 천검의 표정이 일그러졌다.

깊게 베인 자신의 가슴을 내려다보던 천검이 쓰게 웃었다.

"말도…… 안 돼."

"사람은 변하오."

"……."

"그게 자의든 타의든 사람은 변하기 마련이오."

"이게 자네가 꿈꾸는 강호인가?"

"그렇소."

"……."

"난 강호에 살고 있는 사람들을 믿소."

"클클클!"

고개를 절레절레 흔들고 있던 천검이 웃음을 터트렸다.

"재밌어."

"⋯⋯."

"진짜 재밌군."

천검이 입가에 머물러 있던 웃음을 지웠다.

그런 그의 눈동자가 흔들리기 시작했다.

그가 갈등하고 있다는 증거.

철무경은 재촉하지 않고 그가 선택을 내릴 때까지 기다렸다.

칼자루를 쥔 것은 천검이었다.

아쉽지만 그게 현실이었다.

자박자박.

바닥에 쓰러진 독고진을 응시하던 천검이 신형을 돌렸다.

그리고 천천히 걸음을 옮기기 시작하는 쓸쓸한 천검의 뒷모습을 응시하던 철무경에게 그가 물었다.

"날 막을 생각인가?"

"가시오."

"기대하게. 아직 끝나지 않았으니까."

철무경은 끝내 움직이지 못했다.

아니, 오히려 이대로 떠나 주는 것이 고마웠다.

지금 천검을 막으려고 하다가는 소중한 많은 것들을 잃

게 된다는 것을 알고 있었으니까.

아직은 시간이 더 필요했다.

그리고 오늘의 천검은 공멸을 원한 것이 아니었다.

그는 그저 확인하고 싶어 했다.

자신이 틀리지 않았다는 것을.

그리고 철무경의 신념이 무너지는 모습을.

"진짜 빌어먹을 늙은이야!"

하지만 천검은 그 목적을 이루는 데 실패했다.

절레절레 고개를 흔든 천검의 모습이 사라졌다.

그제야 걸음을 옮긴 철무경이 담서인의 앞으로 다가갔다.

여전히 두 눈을 꼭 감고 있는 그녀의 앞에 선 철무경이 입을 뗐다.

"눈 떠."

"나 아직 안 죽었어요?"

"날 믿으라고 그랬잖아."

담서인이 감고 있던 두 눈을 떴다.

그리고 호수처럼 깊은 두 눈으로 응시하던 그녀가 품속으로 뛰어들었다.

"대형!"

"미안하지만 심산유곡으로 들어가 농사를 함께 짓자는 약속은 조금 미뤄야겠다."

"상관없어요."

"……."

"대형과 같이 있을 수만 있다면."

철무경의 입가로 웃음이 번졌다.

그리고 담서인을 안고 있는 팔에 힘을 준 순간, 그녀가
덧붙였다.

"같이 열심히 씨앗을 뿌려요."

종장

석기엽이 크게 한숨을 내쉬었다.

'어쩌다 이렇게 됐을까?'

모든 게 엉망으로 변해 버렸다.

평온하던 일상이 갑자기 지옥으로 변해 버린 것은 흑수파 때문이었다.

그놈들에게서 돈을 빌려서는 안 됐다.

사근사근한 말투로 급전을 빌려 주겠다는 그놈들의 꼬임에 넘어간 것이 이 사단이 벌어진 계기였다.

염왕채는 정녕 무서웠다.

잠깐만 쓰고 갚을 생각이었는데.

이자는 순식간에 원금의 몇 배로 불어났다.

어떻게든 갚으려고 했지만, 석기엽의 능력으로는 역부족
이었다.

석가의원.

벌써 삼대 째 이어져 내려오고 있는 가업이 끊길 위기에
처한 순간, 석기엽은 죽음을 각오했다.

하지만 죽는 것은 쉽지 않았다.

그래서 필사적으로 방법을 강구하던 도중에, 강호소사전
담반에 대한 소문을 들을 수 있었다.

"그들을 찾아가게. 그들에게 사정을 말하면 도와줄 거야."

"강호소사전담반?"

솔직히 말하면 그 말을 순순히 믿기 어려웠다.

그러나 어쩔까?

달리 방법이 없었기에 지푸라기라도 잡는다는 심정으로
새벽부터 채비를 해 용선 고서점으로 찾아왔다.

딸랑.

석기엽이 조심스럽게 용선 고서점의 문을 열었다.

방울 소리가 들리는 사이, 용선 고서점으로 몸을 밀어 넣
은 석기엽이 가장 먼저 반긴 것은 눈이 부실만큼 아름다운
여인이었다.

"어서 오세요. 찾으시는 책이 있으신가요?"

"그게 아니라……."

뜻밖의 장소에서 마주친 너무 아름다운 여인의 미소를 마주하고 나자, 석기엽은 당황했다.

그래서 뺨을 붉힌 채 석기엽이 횡설수설하고 있을 때, 여인의 앵두 같은 입술이 다시 벌어졌다.

"춘서를 찾으시죠? 부끄러워하실 것 없어요, 그게 뭐가 부끄러운 일이라고. 예술 작품을 원하세요? 아니면, 적나라한 것을 찾으세요? 제가 보기에는 적나라한 것을 찾는 쪽이신 것 같은데."

"아니, 그러니까……."

"제가 추천작을 좀 골라 드릴까요?"

아름다운 여인이 어디론가 사라졌다.

귀신에 홀린 사람처럼 멍하니 서 있던 석기엽은 그녀가 몇 권의 책을 골라서 돌아온 후에야 간신히 정신을 차렸다.

"이건 소녀경, 춘서계의 고전이라 불리는 작품이죠. 그리고 이건 야간불여시라고 요즘 가장 인기 있는 춘서예요. 여기 삽화 좀 보세요. 끈적끈적하고 적나라하죠? 왜 제대로 안 보세요?"

"그게……."

"부끄러워하실 필요 없다니까요. 자, 자세히 보세요."

낯빛 하나 변하지 않고 낯 뜨거운 삽화가 그려진 서책을 펼쳐서 앞으로 내밀고 있는 여인으로 인해 석기엽은 난감한 표정을 감출 수 없었다.

이 곤란한 상황을 타개하기 위해 석기엽이 재빨리 입을 열었다.

"여기가 강호소사전담반이라 하던데, 맞소?"

그리고 석기엽이 강호소사전담반이란 말을 입에 올린 순간, 술병을 하나씩 끼고 있던 두 명의 사내가 시선을 던지며 말을 주고받았다.

"오랜만의 의뢰로군."

"어르신, 입은 삐뚤어져도 말은 바로 하셔야 합니다."

"응?"

"의뢰는 많았지만 우리가 거절한 거죠."

"자네도 말을 바로 해야 하네."

"뭘요?"

"거절한 건 우리가 아니지."

"그건 어르신 말이 맞네요."

"내가 언제 틀린 말 한 적 있던가?"

"불가! 불가! 아주 입에 붙었죠."

"그렇지."

"이번에도 불가라고 하겠죠?"

"아마."

"그럼 우린 신경 쓰지 말고 계속 술이나 마시죠."

"그럴까?"

잠시 흥미를 드러냈던 두 사내는 이내 다시 술을 마시는데 집중하기 시작했다.

그리고 당황한 석기엽의 앞으로 젊은 사내가 나타났다.

"무슨 일입니까?"

"누구신지?"

"저는 철무경이라고 합니다."

"철무경?"

"강호소사전담반의…… 실세죠."

철무경이란 사내의 친절한 소개를 들은 석기엽이 서둘러 입을 열었다.

"날 좀 도와주시오."

"너무 걱정하지 마시고 자세히 말씀하십시오."

"그게…… 흑수파라고 아시오?"

"흑수파? 알죠. 서민들의 고름을 빨아먹는 거머리 같은 놈들이 아닙니까?"

"잘 알고 있구려."

"흑수파란 이름을 꺼내는 걸 보니 고리대금 때문이겠군요."

"정확히 맞췄소."

"아무 걱정하지 마십시오."

"정말이오?"

"믿으셔도 됩니다."

"이렇게 고마울 때가."

철무경이란 자는 환하게 웃고 있었다.

석기엽이 반가운 마음에 그런 사내의 손을 덥썩 움켜쥘 때였다.

"불가!"

단호한 목소리가 들려왔다.

놀란 석기엽이 불가라는 목소리가 들려온 곳으로 시선을 돌리자, 기가 막힌 미인이 서 있었다.

"누구……?"

"담서인이라고 해요."

"담서인?"

"강호소사전담반의…… 실세죠."

"하지만 아까 저분이 실세라고 하셨는데……."

"거짓말이에요."

"거짓말?"

"진짜 실세는 나죠."

담서인이라는 여인이 자신 있게 말하는 사이, 술판을 벌이고 있던 두 사내가 낄낄거리며 대화를 이어 나갔다.

"내 말이 맞죠?"

"그렇구만. 불가라는 말이 아주 입에 붙었어."

"변했어요. 그것도 아주 많이 변했어요."

"사람이 갑자기 변하면 죽는다는데."

"그럼?"

"곧 죽는 것 아냐?"

워낙 상황이 급변하는 터라 석기엽은 정신이 하나도 없었다.

"시끄러워요. 조용히 안 마시면 쫓아낼 거예요."

그래서 담서인의 고성을 듣고 나자 혼이 나갈 지경이었다.

하지만 아직 끝이 아니었다.

"넌 잘하는 게 뭐니?"

"왜요?"

담서인이 이번에는 조금 전 춘서를 추천해 주던 아리따운 여인에게 잔소리를 늘어놓기 시작했다.

"얼굴에 꽉 들이찬 수심 봐라. 딱 보면 의뢰를 하러 찾아왔다는 걸 모르겠어? 그런데 춘서나 늘어놓고 낄낄대고 있으니."

"죄송해요."

"잘 좀 해라. 그러다가 잘린다. 너 여기서 잘리면 갈 곳도 없다."

"네!"

"곱게 커서 그런지 눈치가 없어, 눈치가."

한숨을 푹푹 내쉬고 있던 담서인이 다음으로 철무경이란 사내를 노려보면서 두 눈에 쌍심지를 켰다.

"대형!"

"왜?"

"내가 덥석덥석 의뢰 받아들이지 말라고 그랬죠?"

"하지만……."

"뭐가 하지만이에요? 흑수파 뒤에 누가 있는지 알죠? 흑수파하고 관련됐으면 엄청 위험해요. 불가! 무조건 불가!"

담서인이 빽 소리를 질렀다.

그 말을 듣고 석기엽의 표정이 일그러졌을 때, 철무경이 귓속말을 건넸다.

"걱정 마시오. 내가 다 해결해 줄 테니까."

"……."

"그것도 무료로!"

〈『강호소사전담반』 完〉

http://www.bbulmedia.com